料理春秋

小料理のどか屋

倉阪鬼一郎

二見時代小説文庫

料理春秋――小料理のどか屋人情帖34

目次

料理春秋　小料理のどか屋人情帖34・主な登場人物

時吉《ときよし》……のどか屋の主《あるじ》。元は大和梨川藩《やまとなしがわはん》の侍・磯貝徳右衛門《いそがいとくえもん》。長吉屋の花板も務める。

おちよ……大おかみとしてのどか屋を切り盛りする時吉の女房。父は時吉の師匠、長吉《ちょうきち》。

千吉《せんきち》……祖父長吉、父時吉の下で板前修業を積んだ「のどか屋」の二代目。

およう……縁あって千吉の嫁となり、のどか屋の「若おかみ」と皆から可愛がられる。

信兵衛《しんべえ》……「のどか屋」ほか手広く旅籠を営む元締め。のどか屋に通う常連でもある。

長吉《ちょうきち》……「長吉屋」を営む古参の料理人。諸国の吉《きち》名乗りの弟子を訪ねる旅から戻る。

寅次《とらじ》……のどか屋の常連の湯屋。同じく常連の棒手振りの富八と二人でやって来る。

幸右衛門《こうえもん》……書肆《しょし》、灯屋《あかりや》の主。時吉・千吉に料理指南書に載せる料理の案を依頼。

目出鯛三《めでたいぞう》……狂歌師。瓦版の文案から料理の指南書まで書く、器用な男。

安東満三郎《あんどうみつさぶろう》……隠密仕事をする黒四組《くろよんぐみ》のかしら。甘いものに目がない、のどか屋の常連。

初次郎《はつじろう》……版木職人の道をしくじるも、許されても大工として出直した苦労人。

おしん……父・初次郎に代わり版木職人になるべく音松親方に弟子入りをする。

筒堂出羽守良友《つつどうでわのかみよしとも》……傍流ながら大和梨川藩主の座に就いた殿様。お忍びでのどか屋に顔を出す。

平治《へいじ》……品川の大工・卯之吉《うのきち》の弟子。初次郎を父のように慕う気のいい若者。

吉岡春宵《よしおかしゅんしょう》……人情本の人気作者だったが、天保の改革により仕置きを受け、筆を折る。

第一章　豆腐づくし

一

木枯《こが》らしが冷たい日は、あたたかいものが恋しくなる。

身も心もほっこりとするようなものを胃の腑《ふ》に入れたくなる。

「おっ、今日はうまそうだぜ」

横山町《よこやまちよう》の旅籠《はたご》付き小料理屋のどか屋の前で、職人風の男が出されたばかりの貼り紙を見て足を止めた。

「今日はじゃなくて、今日もだろう」

つれの男が言う。

客の声を聞いて、中から大おかみのおちよが姿を現した。

「まもなく始めますので、いま少しお待ちいただければと」

おちよはにこやかに言った。

「そうかい。なら、待つか」

「座敷が落ち着くからよ」

二人の男が話をしているところに、またいくたりか客がやってきた。

そろいの半纏《はんてん》をまとったなじみの大工衆だ。

「おっ、今日は煮奴《にゃっこ》と茶飯《ちゃめし》か」

「けんちん汁と干物《ひもの》もついてるぜ」

「こりゃうまそうだ」

貼り紙に目をやった大工衆が口々に言った。

けふの中食《ちゅうじき》
煮奴膳
茶めし、けんちん汁、干物つき
四十食かぎり、四十文

貼り紙にはそう記されている。

煮奴は豆腐をだしで煮ただけのいたって簡便な料理だが、冬場にあたたまるにはもってこいだ。

「早くあったまりてえな」

「ここに突っ立ってたら寒いからよう」

先客が首をすくめた。

「支度はいい？」

その様子を見ていたおちよが、中に向かって大声で問うた。

「いいよっ」

奥の厨《くりや》から、二代目の千吉《せんきち》の声が響いた。

「お待たせいたしました。どうぞお入りくださいまし」

おちよが身ぶりをまじえた。

「おう、助かったな」

「御免《ごめん》よ」

客は次々に「の」と染め抜かれたあたたかな色合いののれんをくぐった。

「いらっしゃいまし。お好きなところへどうぞ」

明るい声をかけたのは、若おかみのおようだった。

「おっ、三代目も一緒だな」

「機嫌良さそうにしてるじゃねえか」

大工衆が声をかける。

「すぐぐずったりしますから」

勘定場に座ったおようが言った。

そのひざの上で、生まれてまだ百日あまりの万吉《まんきち》がきょとんとしていた。このあいだ、お食《く》い初《ぞ》めの宴《うたげ》をここで行ったばかりだ。

「そりゃ赤子だから仕方ねえさ」

「見るたびに大きくなってるがよ」

「まあ、何にせよ食おうぜ」

大工衆は檜《ひのき》の一枚板の席のほうに腰を下ろした。

厨でつくったできたての料理を味わえる一枚板の席は、凝《こ》った肴《さかな》も味わえる二幕目にはことに重宝《ちょうほう》だが、むろん中食にも使える。座敷も一杯になって座れなくなると、土間に敷かれた茣蓙《ござ》に陣取って食す。そんな客を縫うようにして膳を運ばなければならないから、なかなかに大変だ。

「はい、煮奴膳、お待たせいたしました」

手伝いのおけいが初めの客に膳を運んだ。

「次、あがったよ」

厨から千吉が言った。

「はあい」

「承知で」

双子の娘が明るい声で答えた。

江美《えみ》と戸美《とみ》だ。

姉妹の名をつなげると「江戸」になるという仕掛けで、おけいとともにのどか屋の中食のお運び役を受け持っている。

以前は若おかみのおようもお運びをやっていたのだが、万吉の世話があるからとても無理だ。勘定場に陣取り、万吉がぐずったらおちよと交替するようにするのが精一杯だった。

呼び込みと案内をしてからも、おちよは客の数を正確に数えていた。なにぶん数にかぎりがある。見世《みせ》に入ったはいいものの、膳にありつけない客が出たら文句を言われてしまう。

「早くも折り返しね」

客を入れてから、おちよはおように言った。

「ありがたいことで」

万吉をあやしながら、おようが笑みを浮かべた。

「おう、今日もいい天気だな」

「気持ちよさそうにしてるじゃねえか」

ほどなくやってきた二人の客が、空き樽の上で寝そべっていた猫に声をかけた。

のどか屋の守り神とも言うべき老猫のゆきだ。

尻尾《しっぽ》にだけ縞《しま》模様のある青い目の白猫で、これまでに何匹も子を産んでくれたが、もう歳《とし》でお役御免になり、のんびりと余生を送っている。

いまは猫地蔵になっている初代のどかから、のどか屋では猫を欠かしたことがない。

いまはゆきに加えて、茶白の縞模様が初代と同じ二代目のどか、その子で同じ色の雄猫のふく、その兄でゆきの子の小太郎としょうと五匹も猫がいる。なかには猫を目当てにのれんをくぐってくる客もいるくらいだ。

その後も客は次々にやってきた。

いち早く食べ終えて勘定場に来る客とすれ違う。顔なじみも多いから、そこで話が弾むこともしばしばだ。

「おう、うまかったぜ。冬場はやっぱり煮奴だな」

「けんちん汁も具だくさんでよう」

食べ終えた客が言う。

「そりゃ楽しみだ」

「茶飯もうめえんだ、のどか屋は」

これからの客が笑みを浮かべた。

そうこうしているうちに、膳の残りが少なくなってきた。

「残り、三膳！」

千吉が厨から大声で告げた。

「おあと、三膳です」

勘定場からおようが伝える。

「承知で」

表に出ていたおちよがさっと右手を挙げた。

ちょうどきりのいい客が姿を現した。

「お客さまで終《しま》いでございます」

おちよが口早に告げた。

「おお、間に合ったか。危ないところであった」

剣術指南の武家が髷《まげ》に手をやった。

かくして、今日の中食の膳も好評のうちにすべて売り切れた。

二

中食が終わると、のどか屋は短い中休みに入る。

片づけものが終わり、まかないが済んだらおけいと双子の姉妹は旅籠の呼び込みに出る。ここ横山町からは繁華《はんか》な両国橋《りょうごくばし》の西詰が近い。あきないがたきもいるが、人がたくさん通るから、泊まり客はわりかた見つかりやすかった。

以前は若おかみのおよう、さらにその前は二代目の千吉が呼び込みに行っていたのだが、およう は万吉の世話があるし、千吉は二幕目の肴の仕込みがある。ここはおけいたちに任せることにしていた。

「では、行ってまいります」

江美と戸美の声がきれいにそろった。

「お願いね。ご苦労さま」

おちよが声をかける。

「明日もまたよろしゅうに」

おようも和す。

双子の姉妹は、元締めの信兵衛《しんべえ》が持っている旅籠を掛け持ちでつとめている。中食はのどか屋だが、旅籠の呼び込みは建て増しをしたばかりの巴屋《ともえや》が受け持ちだ。客を案内し終えたところでお役御免で、薬研堀《やげんぼり》の住まいに戻る。銘茶問屋の井筒屋善兵衛《いづつやぜんべえ》が二人の養父だ。

「なら、気張っていきましょう」

おけいが先をうながした。

「お願いします」

厨で仕込みをしながら、千吉がいい声を響かせた。

「今日は一人でなんとかなったわね」

三人を見送ってから、おちよが言った。

「いや、でも、干物の大根おろしが遅れて冷や汗をかいたよ」

千吉が答えた。

「万吉の世話がなければ、いくらでも手伝えるんだけど」

おようが少しすまなそうに言った。

「いえ、うちの人もいて二人がかりだったら、どうってことはないんだけどね」

おちよが少しなだめるように言った。

うちの人、とはのどか屋のあるじの時吉《ときよし》のことだ。

元は武家で磯貝徳右衛門《いそがいとくえもん》と名乗っていた時吉は、大和梨川藩《やまとなしがわ》の禄《ろく》を食《は》んでいた。わけあって刀を捨て、包丁に持ち替えて料理人になった時吉は、師匠の長吉《ちょうきち》の娘のおちよと結ばれ、のどか屋を開いていまに至っている。神田三河町《かんだみかわちょう》と岩本町《いわもとちょう》、二度にわたって焼け出されるなど苦労はしたが、常連に支えられていまも繁盛《はんじょう》しているのはありがたいことだった。

「一人仕事で欲張ってしくじったことが何度かあったから、気はつけてるんだけど」

厨で手を動かしながら、千吉が言った。

「まあ、明日は二人だから、今日より凝《こ》ったものをお出ししましょう」

おちよのほおにえくぼが浮かんだ。

今日の時吉は、浅草《あさくさ》の長吉屋にいる。長吉は日《ひ》の本《もと》じゅうに散らばった弟子をたずねる長旅からようやく帰ってきた。ただし、毎日ねじり鉢巻きで厨に立って弟子たちを引っ張っていく気はもうあまりないらしい。そのうち近くに隠居所を建てて、長吉屋にはときどき顔を出すくらいにしたいというのが胸の内のようだった。

信頼の厚い娘婿の時吉は浅草まで通《かよ》い、仕込みの指示までしてからのどか屋に戻る日が多かった。長吉が戻ってからは、のどか屋に詰める日もいくらか増えたが、長吉屋の通いのあるじのようなものだ。

時吉が留守のときは、二代目の千吉があるじだ。初めのうちはしくじりも多かったが、場数《ばかず》を踏むにしたがって腕が上がり、すっかりいい面構《つらがま》えの料理人になっている。

「そうだね。寒《かん》づくしとかいいかもしれないいな」

千吉が案を出した。

「寒づくしというと、寒鰤《かんぶり》、寒鰡《かんぼら》……」

おちよが指を折りはじめる。

「あとは、寒鰈《かんがれい》も」

おようが言った。

「ああ、そうね。そのあたりを相談してお膳にしましょう」

おちよが笑みを浮かべた。

三

二幕目が始まると、さっそく常連がのれんをくぐってきた。

岩本町の御神酒徳利《おみきどっくり》、湯屋《ゆや》のあるじの寅次《とらじ》と、野菜の棒手振《ぼてふ》りの富八《とみはち》だ。

「冷えるねえ」

寅次は首をすくめながら入ってきた。

「風呂吹《ふろふ》き大根が恋しくなる風だぜ」

のどか屋にも品《しな》をおろしている富八が言う。

「なら、さっそくおつくりしますよ」

厨から千吉が言った。

「おう、頼むよ」

野菜の棒手振りはすぐさま答えた。

「おいらは湯豆腐をくんな」

寅次が手を挙げた。

「煮奴じゃなくて、湯豆腐でございますか」

おちよが訊く。

「煮奴もいいけど、味噌《みそ》だれにつけて食う湯豆腐を食いたくてよ」

湯屋のあるじが笑みを浮かべた。

「承知しました」

おちよのほおにえくぼが浮かんだ。

「若おかみと三代目は？」

富八が訊く。

「さっきぐずったので、寝かしつけに行ってます」

厨で手を動かしながら、千吉が答えた。

「そうかい。相変わらず大変だな」

と、富八。

「まだはっきりしないけど、何かしゃべるようになったので、見ていて楽しいですよ」

おちよが言った。

「初めに何としゃべるかね。『いらっしゃいまし』だったらびっくりだ」

湯屋のあるじが戯《ざ》れ言《ごと》を飛ばした。

ほどなく、おけいが泊まり客を三人も案内してきた。双子の娘が案内する巴屋のほうにも客がついたらしいから上々の首尾だ。

湯屋のあるじはのどか屋へ油を売りに来るばかりではない。泊まり客を湯屋へ案内するというのが大義名分になっている。さっそく客に声をかけたところ、すぐにでも行ってあたたまりたいという返事だった。

「ちょっとこれを食ってからにしてくださいまし」

寅次は出たばかりの湯豆腐を指さした。

「代わりにおいらが食うんで」

富八が笑った。

「そりゃ殺生《せっしょう》な」

寅次はそう言うと、湯豆腐を玉杓子《たまじゃくし》ですくって味噌だれにつけ、口中《こうちゅう》に投じ入れた。

「急いで食べて、やけどしないでくださいましな」

おちよが言う。

湯屋のあるじはしばらくはふはふしてから、味噌だれたっぷりの湯豆腐を胃の腑に落とした。

「ああ、のどか屋に今日も来て良かったたっていう味だね」

寅次が満足げに言った。

「寒い日には生き返りますな」

こちらは風呂吹き大根を食した富八も和す。

「お待たせしました。なら、ご案内いたしましょう」

ややあって、湯豆腐を食べ終えた寅次が腰を上げた。

「おいらも途中まで一緒に」

富八も続いた。

四

しばらく凪《なぎ》のようなときがあったが、すぐまた次の波が来た。

元締めの信兵衛が姿を現したかと思うと、馬喰町《ばくろちょう》の力屋《ちからや》のあるじの信五郎《しんごろう》がのれんをくぐってきた。盛《も》りが良く、力が出る料理を出すことで評判の飯屋だ。のどか屋とは古くからの猫縁者でもある。

娘のおしのと、婿で時吉の弟子でもある為助《ためすけ》が切り盛りしているから、あるじと言っても半《なか》ばは隠居みたいなものだ。駕籠《かご》かきや飛脚《ひきゃく》や荷車引きなど、朝が早いつとめの客が多いから、のれんを早めにしまうため、あとの仕込みと片づけを娘夫婦に任せてのどか屋に呑みに来ることが多かった。

「中食が煮奴で、湯屋のあるじが湯豆腐か。なら、冬場の豆腐づくしで揚げ出し豆腐はできるかい」

信兵衛がたずねた。

「はい、できますよ」

千吉が二つ返事で答えた。

「いいね。わたしもいただくよ」

力屋のあるじが右手を挙げた。

「冬場の豆腐づくしだと、あとは田楽《でんがく》かしら」

おちよが言った。

「それはこのあいだうちで出して大好評でしたよ」

信五郎が笑みを浮かべた。

「味噌田楽かい？」

元締めが訊く。

「ええ。ほかほかの飯に、いくらか焼き焦げがある味噌田楽をのせてわしわしとかきこめば、いくらでも胃の腑に入りますんで」

力屋のあるじが答えた。

「豆腐はまだありますから、急いで水切りをしておつくりいたしましょうか」

千吉が水を向けた。

「そうかい。それは舌の学びにもなるから、いただこうかね」

信五郎が乗り気で答えたとき、奥から万吉を抱っこしたおようが現れた。

「おっ、機嫌良さそうだな、三代目」

元締めが声をかける。

「ええ。お乳を呑んで寝たので」

おようはそう言うと、座敷で寝ていた小太郎の近くに万吉を座らせた。

「うま、うま」

赤子が猫に手を伸ばす。

「食べ物じゃないわよ、猫さんは」

おようが笑う。

「このところ、よく『うま、うま』って言うわね」

と、おちよ。

「そりゃ、うまいものばかり出しているからね、のどか屋は」

元締めが破顔一笑《はがんいっしょう》したとき、三人の客がつれだって入ってきた。

「まあ、いらっしゃいまし」

おちよの顔が晴れる。

「お世話になっております。今日はお知らせしたいことがございましたので」

笑みを浮かべて言ったのは、小伝馬町《こでんまちょう》の書肆《しょし》、灯屋《あかりや》のあるじの幸右衛門《こうえもん》だった。

「風が冷たいので、中に入れてほっとしました」

そう言って細みの髷《まげ》に手をやったのは、絵師の吉市《よしいち》だった。

まだ若い華奢《きゃしゃ》な男で、木枯らしに吹かれるといかにもつらそうな感じだ。

「まずはおいしい肴とお酒をいただいてからですね」

面妖《めんよう》な着物をまとった男が笑みを浮かべた。

なにしろ赤い鯛《たい》がほうぼうにちりばめられている。目がちかちかするような柄《がら》だ。

その名を目出鯛三《めでたいぞう》という。

本業は狂歌師《きょうかし》で、書物を執筆したり、かわら版や商家の引き札《ふだ》（広告）の文句を考案したり、さまざまな仕事をこなしている才人《さいじん》だ。

「今日はあたたかいお豆腐のお料理をお出ししているんですが」

おちよが告げた。

「望むところです」

灯屋のあるじが真っ先に答えた。

五

「例の書物の相談ですかい？」

信兵衛が声をかけた。

「さようです。目出鯛三先生にはすでに執筆に取りかかっていただいておりますので」

灯屋の幸右衛門が笑顔で答えた。

目出鯛三が執筆に当たっているのは、料理の指南本だ。『料理《りょうり》早指南《はやしなん》』や『豆腐百珍《とうふひゃくちん》』といった高名な指南本は版《はん》を重ね、二番煎じの書物がそれこそ雨後《うご》の筍《たけのこ》のように上梓《じょうし》されてきた。

灯屋でも、料理の指南本で当たりを出そうと思い立ち、まずは浅草の名店、長吉屋のあるじに声をかけようとした。

ところが、長吉は弟子のもとを廻る長旅に出てしまっていたし、もともと文《ふみ》もろくに書かない筆不精《ふでぶしょう》だ。

そこで、娘婿の時吉に白羽《しらは》の矢が立った。二代目の千吉も乗り気で力を貸し、まずは書物の元となる紙をたくさん記すところから始めた。

こんな按配《あんばい》だ。

名　ぶりてりやき
季　冬
材　ぶり（寒ぶり）

つくりかた
ぶりの身にはけで粉をはたく
平たい鍋に油を引いて、両面をこんがりとやく
たれをくわへ、ぶりにからめながら照り焼きにする

かんどころ
たれは、酒六、みりん六、しやう油一
あしらひに青たうがらしなど
冬場にうまい鰤の照り焼きのつくり方が手際よく記されている。

こういう紙をたくさん記しておき、季節や素材やつくり方ごとにまとめてうまく配列すれば、早指南の書物がいくつもできる。

むろん、この紙は料理なら素材だから、おいしく味わうために文章を飾って読みやすくする必要が出てくる。その役を担っているのが目出鯛三だった。

「ここまでは順調に進んでおります。素材の紙がうまくまとまっているので書きやすいですよ」

目出鯛三が笑顔で言ったとき、料理が運ばれてきた。

「お待たせいたしました。揚げ出し豆腐でございます」

おちよが盆を運ぶ。

「これから田楽を焼きますし、湯豆腐の仕込みにも入りましたから」

千吉が厨から言った。

「始まったね、豆腐づくしが」

元締めが笑みを浮かべた。

小口《こぐち》切りの葱《ねぎ》と紅葉《もみじ》おろしを添えた揚げ出し豆腐は、豆腐ばかりでなくだしも好評だった。

「いい味を出してますね」

幸右衛門が感心の面持《おもも》ちで言う。

「色合いもちょうどいいです」

吉市が絵師らしい評をもらした。

「そうそう、酔って忘れないうちにお伝えしておかなければ」

目出鯛三がそう切り出した。

「指南書の題名を、相談のうえ決めさせていただいたんです」

書肆のあるじが言葉を継いだ。

「さようですか。どんな題名でしょう？」

おちよが訊いた。

灯屋のあるじは、少し気を持たせてから答えた。

「料理春秋《りょうりしゅんじゅう》、とさせていただきました」

六

「題名に入っているのは春と秋ですが、もちろん夏と冬の部もあります」

　幸右衛門はそう言って、残りの揚げ出し豆腐を胃の腑に落とした。

「言いやすくて、とてもいいですね」

　座敷の隅っこで万吉を遊ばせていたおようが言った。

　まだ這い這いはしないが、お手玉に手を伸ばしたり、畳のへりを指でなぞったり、いろいろな動きをする。

「ほんと、売れそうな気がしてきた」

　おちよも和す。

「おかみの勘ばたらきは鋭いから、こりゃほんとに売れますよ」

　力屋のあるじが笑みを浮かべた。

　ややあって、田楽が焼きあがった。

　平串《ひらぐし》を末広に打った田楽に味噌を塗って香《こう》ばしく焼きあげる。いくらか焦げたところがことにうまい。

「こりゃあ、飯が恋しくなりますな」

目出鯛三が言った。

「よろしければお持ちしますよ」

おちよがさっそく言った。

「なら、軽めに一杯」

狂歌師が手を挙げた。

「では、わたくしも」

「控えめに」

灯屋のあるじと絵師も続く。

一枚板の席からも所望《しょもう》があり、ほかほかの飯が運ばれていった。

「お好みで粉山椒《こなざんしょう》もどうぞ」

おようが小壺も差し出す。

「うちだと上品すぎますが、これがまたうまいんですよ」

力屋のあるじが言った。

「あっ、危ないよ」

おようがお運びをしているあいだに、万吉が座敷の端までにじり寄っていた。

おちよがあわてて声をかけた。

「みゃあ」

おのれが言われたと思ったのか、小太郎が返事をした。

その後は『料理春秋』の章立てについて、さらに絵図面が示された。

春夏秋冬の料理の紹介が眼目《がんもく》だが、それだけではいささか曲《きょく》がないため、目出鯛三の舞文曲筆《ぶぶんきょくひつ》で、江戸の旬《しゅん》の食材の紹介などの文章もまじえる。そうすれば、料理をしない者が読んでも面白い書物になる。

「ますます楽しみですね」

おちよのほおにえくぼが浮かんだ。

「この先も、お知恵を拝借するかもしれませんので、その節はよしなに」

灯屋の幸右衛門が言った。

「そのうち長吉屋さんのほうにも顔を出して、時吉さんと長吉さんのお知恵もお借りできればと」

目出鯛三が如才《じょさい》なく言った。

「なんだか総がかりの書物になってきたね」

元締めが笑みを浮かべた。

「いい本を遺《のこ》して、いずれ万吉が読むようになれば」

千吉がいささか気の早いことを言った。

「そうなればいいわね」

おようが笑顔でうなずいた。

第二章　三寒《さんかん》食べくらべ膳

一

翌日は時吉も中食の厨に入る日だった。

千吉と二人がかりだから、凝ったものを出せる。あらかじめ「親子がかり」の日を憶えていて楽しみに通う客もいるほどだった。

こんな貼り紙が出た。

けふの中食
冬のおたのしみ、三寒食べくらべ膳
寒ぶり　てりやき

寒がれい　からあげ
寒ぼら　さしみ
具だくさんけんちん汁、ごはんに香《こう》の物つき
四十食かぎり四十文

のどか屋が満《まん》を持《じ》して出す「三寒食べくらべ膳」だ。

寒鰤はこくのあるたれで照り焼きにし、寒鰈はからりと揚げ、新鮮な寒鯔はよく洗って刺身《さしみ》にする。それぞれの持ち味を存分に活かしたまっすぐな料理だ。

これに胡麻油《ごまあぶら》の香りが漂うけんちん汁がつく。人参《にんじん》、大根、里芋、蒟蒻《こんにゃく》、豆腐、葱など、どれから食すか箸が迷うほど具だくさんだ。

「いい日に来たな。いっぺんに三つ楽しめるぜ」

たまにのれんをくぐってくれる植木の職人衆の一人が言った。

「今日は親子がかりですので」

おちよが笑顔で答えた。

「なら、毎日親子がかりで」

「そうそう。客は大喜びだ」

職人衆が言う。

「いや、そういうわけにもいかないので」

おちよは笑っていなした。

「どれもうめえな」

「三種あるから、次のがなおのことうまく感じる」

「こりゃ名膳だぜ」

座敷や一枚板の席から声が飛ぶ。

「ありがたく存じます」

勘定場から、若おかみがいい声を響かせた。

「うめえなあ、鰤の照り焼き」

「おいらは唐揚げがいちばんだな」

「刺身も臭くなくてうめえぜ」

「けんちん汁がまた、五臓六腑《ごぞうろっぷ》にしみわたるよ」

ほうぼうから客の声が悦《よろこ》ばしく響いた。

のどか屋の親子がかりの中食、「三寒食べくらべ膳」は、飛ぶように出て早めに売り切れた。

二

二幕目——。

泊まり客も案内され、ひと息ついた頃合いに、常連中の常連、もと俳諧師《はいかいし》の大橋季《おおはしき》川《せん》がのれんをくぐってきた。おちよの俳諧の師匠でもある季川は、のどか屋が産声《うぶごえ》を上げたころからの古い常連だ。

「おや、待たせてしまったね」

季川は入るなり、座敷の先客に声をかけた。

「いえいえ、いまほかのお客さんの療治をさせていただいていたところで」

そう答えたのは、按摩の良庵《りようあん》だった。

「どうぞお上がりくださいまし」

その女房のおかねが身ぶりをまじえた。

老いてなお矍鑠《かくしやく》としている季川だが、腰の療治は続けている。近くの大松屋《おおまつや》は千吉の幼なじみの升造《ますぞう》が二代目をつとめる旅籠で、内湯がいちばんの売り物だ。季川は大松屋でゆっくり湯に浸《つ》かり、のどか屋の座敷でひとしきり良庵に腰をもんでもらう。

それから、のどか屋のうまい酒肴《しゅこう》を楽しみ、旅籠の一階の部屋に泊まって、翌日は名物の豆腐飯の朝餉を食してから駕籠《かご》で浅草の隠居所へ戻るのを習いとしていた。

座敷に腹ばいになった季川への療治が始まってほどなく、また二人の常連がのれんをくぐってきた。

「いらっしゃいまし」

おちよが声をかけた。

「おう、冷えるな」

いくぶん首をすくめて一枚板の席に座ったのは、黒四組のかしらの安東満三郎《あんどうみつさぶろう》だった。

「おっ、今日はこちらですかい」

時吉の顔を見て、配下の万年平之助《まんねんへいのすけ》同心が言った。

「中食は親子がかりの日で」

時吉は笑みを浮かべた。

「三寒食べくらべ膳のうち、寒鰤の照り焼きと、寒鰈の唐揚げはまだできるよ、平ちゃん。寒鰡の刺身は売り切れだけど」

むかしから仲のいい千吉が万年同心に気安く言った。

「そうかい。なら、肴はそれでいいや」

万年同心はそう言って一枚板の席に腰を下ろした。

「おれはいつもの甘いやつで」

黒四組のかしらが続く。

「承知しました。いつものですね」

時吉がすぐさま動いた。

「このところ、捕り物は？」

腹ばいで療治を受けたまま、隠居がたずねた。

「いや、捕り物のほうが気が張ってかえってありがたいんだがね」

安東満三郎はややあいまいな顔つきで答えた。

将軍の履物や荷物などを運ぶ黒鍬《くろくわ》の者は、三組まであることが知られている。しかし、ひそかに四組目が設けられ、影の御用をつとめていた。黒鍬の者の四組目、約《つづ》めて黒四組だ。

むかしと違って、このところは日の本じゅうを股にかけた盗賊や悪党どもが跳梁《ちょうりょう》するようになった。狭い縄張りにこだわらず、どこへでも出張《でば》っていって悪党どもを懲らしめる少数精鋭の影御用に携わるのが黒四組だ。

「なんとなく面白くなさそうなお顔ですけど」

酒を運んできたおちよが言った。

「相変わらずの勘ばたらきだな、おかみ」

安東満三郎は苦笑いを浮かべた。

おちよと息子の千吉の勘ばたらきの鋭さには定評があり、これまでにいくたびも悪党の捕縛《ほばく》に力を貸してきた。元武家の時吉が捕り物で働きを見せたということもあり、のどか屋の神棚には黒四組から渡された「親子の十手《じって》」が飾られている。房飾りの色は、初代のどかから続く猫の毛色にちなんだ薄茶色だ。

「ちょいと意に添わぬつとめをやらされだしたところで」

万年同心がそう言って、銚釐《ちろり》の酒を上役についだ。

黒四組は日の本じゅうが縄張りだが、万年同心は江戸の御府内《ごふない》だけを廻っている。うち見たところ、町方の隠密廻り同心と見分けがつかないほどだ。どこに属しているのかはっきりしないから、幽霊同心とも呼ばれている。

「意に添わぬおつとめですか」

いい具合に指を動かしながら、良庵が問うた。

「ご老中の肝煎《きもい》りの天保《てんぽう》の改革とやらで、奢侈《しゃし》はならぬ、人情本はまかりならぬ、床《とこ》見世は立ち退くべしなどと、何かと民の締め付けが厳しくなってきてな。その目付役もやらされるようになっちまったから、愚痴《ぐち》の一つもこぼしたくなるってもんだ」

黒四組のかしらがそう言って、猪口《ちょく》の酒をやや苦そうに呑んだ。

ご老中とは水野忠邦《みずのただくに》のことだ。幸い沙汰止みになったとはいえ、庄内藩《しょうない》をゆるがした三方領地替えでは裏で糸を引き、心ある者たちから憎まれたものだ。

「それは大変ですね」

万吉をあやしていたおようが言った。

「おとっつぁんにもよく言っておかないと」

おちよの眉も曇る。

町人の奢侈や贅沢を戒《いまし》める触《ふ》れは、これまでいくたびも出てきた。豪勢な姿盛りなどの料理に目をつけられ、役人につい言い返してしまった長吉がお咎《とが》めを受けて、江戸十里四方所払いになったことも以前にはあった。

ここで肴が出た。

「まずはあんみつ煮でございます」

時吉が皿を下から出した。

料理の皿は「どうぞお召し上がりくださいまし」と必ず下から出さねばならない。

「どうだ、食え」とばかりにゆめゆめ上から出してはならない。それが長吉、時吉、千吉と受け継がれてきた大事な教えだ。いま座敷に移って、隠居の療治のさまを物珍しげに見ている万吉にもやがては受け継がれるだろう。

「おお、来た来た」

黒四組のかしらが受け取り、さっそく箸を伸ばしたのは、油揚《あぶらあ》げの甘煮《あまに》だった。

安東満三郎の名を約《つづ》めた「あんみつ煮」の名がついているのは、故《ゆえ》のないことではない。この御仁《ごじん》、とにかく甘いものに目がない。甘ければ甘いほどいいらしく、何にでも味醂《みりん》をどばどばかけて食す。甘いものさえあればいくらでも酒を呑めるというのだから、よほど変わった舌の持ち主だ。

「平ちゃんには、こちらで」

千吉が鰤の照り焼きを運んできた。

「おお、うまそうだな」

万年同心が受け取る。

上役と違って、こちらはなかなかに侮《あなど》れぬ舌の持ち主だ。

「で、そんな民を無駄に締め付けるようなお役目はやってられねえからよ」

いったん箸を置いて、人呼んであんみつ隠密は続けた。

「上方《かみがた》のほうを荒らしていた盗賊が江戸へ来るらしいから、そちらの備えをしなきゃならねえと話をつくってやることにした。前にもそういう盗賊を捕まえたがよ」

安東満三郎は渋く笑った。

「安東さまのおつとめは、そちらのほうですからね」

と、隠居。

「そのとおりだ。何が悲しゅうて『この贅沢、まかりならぬ』なんぞと民の締め付けに廻らなきゃならねえんだよ」

そう愚痴《ぐち》をこぼすと、あんみつ隠密はまた油揚げの甘煮を口中に投じた。

「しばらくはそういうご時世が続くんでしょうね」

半ばあきらめの表情で、おちよが言った。

「そのうちいい風も吹くよ」

療治を受けながら、隠居が笑みを浮かべた。

三

年はいよいよ押しつまってきた。

木枯らしがことに冷たい日、首をすくめて長吉と元締めの信兵衛が浅草の長吉屋に戻ってきた。

「お帰りなさいまし」

一枚板の厨に入っていた時吉が声をかけた。

「おう。今日はことに寒いな」

いくらか顔をしかめて答えると、長吉は厨の隅の空き樽の上に腰を下ろした。

客が陣取る一枚板の席には座れないが、立ちっぱなしもつらい。そこで、このところは空き樽に腰を下ろして弟子の料理人たちの仕事ぶりに目を光らせることにしていた。

まるで相撲部屋の親方のようだと当人は言っている。弟子の手際が悪いと口を出し、ときにはやおら立ち上がって手本を示す。厨の仕切りは時吉とほかの古参《こさん》の弟子におおむね任せているが、若い料理人にとってはおっかない大《おお》師匠だ。

「隠居所はどうでした？」

一枚板の席に陣取っていた客が問うた。

灯屋のあるじの幸右衛門だ。例の『料理春秋』の話を伝えがてら、うまい酒肴《しゆこう》を楽しみに来ている。

「まだ場所を見に行っただけですから」

長吉は笑みを浮かべた。

「ここからは近いんですか」

今度は目出鯛三がたずねた。

今日は普通の綿入れをまとっている。寒いせいもあるが、先《せん》だっていつもの赤い鯛を散らした着物で往来を歩いていたら、「派手な衣装はまかりならぬ」と小役人から文句を言われてしまったらしい。お咎めを受けでもしたら事だから、おとなしい恰好に改めたという話だった。

「それなりに歩きますが、まあ隠居所なんで」

長吉は答えた。

「奥まったところで、静かなのはいいんですけどね」

元締めがいくらかあいまいな顔つきで言った。

「ちょうど火が出たあとで、今日は焼け跡の検分に行ったみたいで」

長吉は苦笑いを浮かべた。

「続けて火が出ることはないでしょうから。……はい、お待ちで」

時吉は次の料理を出した。

先に出したのは牡蠣《かき》と大根の鍋だった。控えめな味つけで、素材のうま味を活かした鍋は、寒い外から来た客にいたく喜ばれた。

「これは飛竜頭《ひりょうず》の煮物ですな」

目出鯛三が見るなり言った。

「さようです。もとは寺方の精進《しょうじん》料理ですが、今日は海老《えび》のすり身も入れてみました」

時吉が告げた。

がんもどきとも呼ばれるが、長吉屋では由緒《ゆいしょ》正しいその名で呼んでいる。どうやらもとになったのは南蛮《なんばん》の菓子の名前のようだ。

「存外に手間がかかるんですよ、この料理は」

長吉が言う。

水切りをした豆腐をていねいに裏ごしし、山芋《やまいも》を加えて入念に擂《す》る。玉子をほぐして投じ入れてさらに擂り、塩や醬油などで下味をつける。

加える具は、海老のすり身と木耳《きくらげ》と百合根《ゆりね》だ。百合根は塩茹でをして、だしや味醂などでつくったつけ地につけて味を含ませておく。細かく切った木耳もつけ地でさっと煮て冷ましておく。

具をまぜてまるめ、じっくりと中まで火を通しながら揚げていく。狐色に染まったら揚げ終わりだ。

ここでひと手間かける。熱い湯をかけて油抜きをするのだ。こうしてやれば油分が飛び、さっぱりとした仕上がりになる。

あとはことことと煮て、冷まして味を含ませる。付け合わせに隠元《いんげん》を加えて煮汁をかけ、おろし生姜《しょうが》を天盛りにすれば出来上がりだ。

「手間も味のうちですね。おいしゅうございます」

灯屋のあるじが満足げに言った。

「これは長吉屋ならではの味です」

目出鯛三がうなずく。

「のどか屋の中食だと手が足りなくなるかもしれないね」

信兵衛が言った。

「むやみに手のこんだものはお出しできませんので」

と、時吉。

「で、隠居所はその火事の跡地に建てるんでしょうか」

灯屋のあるじがたずねた。

「あれこれ迷ってても仕方がないから、そうしようかね」

長吉は元締めの顔を見た。

「承知しました。わたしの持っているところでめぼしいのはいまのところあの火事場跡くらいで、どうかなと思っていたのですが」

信兵衛はほっとしたように答えた。

「なら、そういうことで」

長吉が軽く両手を打ち合わせた。

「普請《ふしん》はどこに頼むんでしょう」

時吉が問うた。

「浅草にも大工はいるが、おめえんとこのほうがあてがつくだろう」

長吉が答える。

「善屋《ぜんや》がすぐそこだから、幾日か大工衆に泊まってもらって普請をすればいいでしょう」

元締めが知恵を出した。

「ああ、それなら品川《しながわ》のくじら組などにも頼めますね」

時吉がふと思いついて言った。

「若死にしたせがれの跡を継いで、おとっつぁんが年取ってから大工の修業に入った組だな」

長吉が思い出して言った。

「そうです。なにぶん品川なので、しばらくお目にかかっていませんが」

時吉は答えた。

「そういう縁のある大工衆にやってもらうのもいいかもしれませんね」

元締めが乗り気で言った。

「なら、やってくれるかどうか、ちよに文でも書かせてくれ」

長吉も言う。

「承知しました。帰ったらさっそく言っておきます」

時吉はそう請け合った。

その後は茶碗蒸《ちゃわんむ》しが出た。焼き穴子《あなご》が入った、これまた手のかかるひと品だ。

「『料理春秋』の冬の部には欠かせない料理ですね」

目出鯛三が食すなり笑みを浮かべた。

「ぜひとも当たる書物にしたいものです。人情本はまかりならぬ、あれもこれも慎むべしと、締め付けが厳しいご時世になってしまいましたから」

書肆のあるじが言った。

「書物が出たあかつきには、一冊でも多く売れるようにつとめさせていただきますので」

時吉が引き締まった顔つきで言った。

四

「下書きは終わったから、明日清書して墨が乾いたら出してくるわ」

おちよがそう言って筆を置いた。

「やることが早いな」

寝支度を整えた時吉が笑みを浮かべた。

千吉とおようは、万吉をつれて長屋に戻っている。巴屋の近くにある長屋はなかなか住み心地がいいようだ。

旅籠の部屋を一つ使うという手もあるにはあったが、赤子が夜泣きをしたら泊まり客に迷惑がかかるし、部屋一つ分の実入りも減ってしまう。まだ歩けない万吉をつれて通うのはそれなりに大儀だが、使い勝手のいい抱っこ紐もあるので、若夫婦は道々話をしながら通っている。

「筆不精のおとっつぁんだったら一年くらいかかるかもしれないけど」

と、おちよ。

「それだといつまで経っても隠居所はできないな」

時吉が言った。

「で、くじら組の皆さんは引き受けてくださるかしら」

おちよは小首をかしげた。

「前に見えたのは、おおよそ三年前だったからな」

記憶をたどって、時吉は答えた。

「初次郎《はつじろう》さんは五十でやっと一人前の大工に」

おちよが言った。

「四十を過ぎてから大工の修業に入ったから、この先も体が続くかぎりやるとそのときは言っていたけれど」

と、時吉。

「さすがにいつまでもできるつとめじゃないからねえ、大工さんは」

おちよはあごに手をやった。

くじら組の初次郎が年取ってから大工の修業を始めたのには、深いわけがあった。

もともとは、せがれの初助《はつすけ》が大工の修業をしていた。しかし、運の悪いことに、初助は江戸を襲った大火に巻きこまれて亡くなってしまった。まだ十七歳の若さだった。

もとは腕のいい版木《はんぎ》職人だった初次郎だが、あるとき魔が差して仕事道具の鑿《のみ》を親方に向けてしまった。大変なことをしでかしてしまったと江戸から逃げたあと、娘のおしんがのどか屋で手伝いをしながら父の帰りを待ちわびていた。のどか屋とはそういう縁だ。

版木彫りの親方の傷は大したことがなかった。思案した末に江戸に戻った初次郎は両手をついてわびを入れた。

その罪は許してくれたものの、版木職人として復帰することは許されなかった。ひとたびは人に向けた鑿を使うことで、何か障《さわ》りがあってはいけないというもっともな考えだった。

初次郎はやむなくあきらめることにしたが、ここで娘のおしんが思いもよらぬことを言いだした。父の代わりに、わたしが版木職人になると言いだしたのだ。

修業に時がかかるし、嫁にも行けなくなるからとみな止めたが、おしんの決心は固かった。こうして、版木職人としての絆《きずな》は父から娘へ受け継がれることになった。

もう一つの絆は、大工だった。

志半ば、いや、緒《ちょ》に就いたばかりで死んでしまったせがれの跡を継いで、おのれが修業に入りたいと初次郎は言いだした。その弟子入りを頼んだのが、品川のくじら組の棟梁《とうりょう》の卯之吉《うのきち》だった。

なにぶん棟梁より年上だ。修業に七年かかるとしても、五十になってしまう。みな止めたが、初次郎はどうあってもせがれの跡を継ぎたいと言って聞かなかった。

修業を始めた初助は、指にできた胼胝《たこ》を自慢げに見せていたものだ。その「ほまれの指」を、今度は父が継ぐ。

こうして、棟梁より年上の大工の修業が始まったのだった。

「できることなら、初次郎さんをかしらにして、師匠の隠居所を建ててもらいたいものだな」

時吉が感慨深げに言った。

「ああ、そうね。いくらか不具合があっても、おとっつぁんは文句を言わないだろうし」

おちよが笑みを浮かべた。

「なら、ひとまず返事待ちだな」

少し眠そうな顔で、時吉は言った。

「返事は年が明けてからね」

と、おちよ。

「そうだな。一年が経つのは早いものだ」

時吉はしみじみと言った。

第三章　正月の豆腐飯

一

明けて天保十三年（一八四二）になった。

当時の歳は数《かぞ》えだから、千吉とおようは十九歳だ。生まれてまだ五か月あまりの万吉も二歳という勘定《かんじよう》になる。大晦日《おおみそか》に生まれでもしたら、たった一日で二歳になる勘定だが、そういう決まりだから致し方ない。

「来年はもう二十歳なのね」

おちよが感慨深げに言った。

「早いものだな」

時吉がうなずく。

「ちょっと前まで寺子屋に通ってたような気がするんだけど」

老猫のゆきの頭をなでながら、おちよが言った。

のどか屋は正月でも開いている。ただし、旅籠だけだ。江戸へ初詣《はつもうで》に来る客がいるから、旅籠は書き入れ時で、閉めるわけにはいかない。

中食の膳は三が日だけ休む。常連客も心得ているから、間違ってやってくるのはよほどのうっかり者だけだった。

それでも、厨までは休まない。泊まり客に名物の豆腐飯の朝餉を出さねばならないからだ。ほかにも、凝った肴は出せないが、客から所望されれば干物をあぶったりはする。のれんは出さずとも、常連が来たら酒を出す。

「そろそろ帰ってくるかな」

時吉が孫の万吉を抱っこして言った。

千吉とおようは、両国橋の西詰へ旅籠の客の呼び込みに出かけた。いつも手伝ってくれているおけいと、江美と戸美の姉妹は休みだ。その代わりに、千吉とおようが呼び込みに出かけている。いつもは万吉の世話もあるから、正月だけだ。三が日しか呼び込みの出番がないからと言って、張り切って出かけていった。

昨年は本所《ほんじょ》に住んでいるおようの家族がのどか屋へ来て、一緒に深川《ふかがわ》の八幡宮《はちまんぐう》へ初詣に行った。今年はまだ万吉をつれて出かけられないから、本所組だけで出かけることになった。千吉がつくる餡《あん》巻《ま》きが好きなおようの弟の儀助《ぎすけ》は今年で十歳だ。元気よく寺子屋に通いながら、父の大三郎《だいざぶろう》の跡を継ぐべく、おようの母のおせいとともにつまみかんざしづくりにも励んでいるようだ。

「そうね。お正月ならお客さんは見つかるだろうし」

今度は小太郎とふくに猫じゃらしを振りながら、おちよが言った。

それからほどなくして、外で明るい声が響いた。

「こちらでございます」

おようの声だ。

「見晴らしのいい部屋が空《あ》いておりますので」

千吉も言う。

首尾《しゅび》よく客が見つかり、若夫婦が案内してきたのだ。

二

客は二組だった。

片方は佐倉《さくら》から初詣がてら江戸見物に来た三人組で、荷を下ろすと、さっそく浅草の観音様へ出かけていった。

もう片方は常連の越中富山《えっちゅうとやま》の薬売りたちだった。日の本じゅうを廻る薬売りは、ありがたいことに江戸ではのどか屋を定宿《じょうやど》にしてくれている。こちらもすぐあきないに出ていった。

「初詣はどうするの？」

おちよが千吉に問うた。

「万吉をつれて遠出はできないからね」

千吉がわが子をあやしながら答えた。

「あっあっ、ばぶばぶ……」

万吉がまだ言葉にならない声を発する。

「はいはい、おかあのところへおいで」

おようが両手を伸ばした。

「出世不動まで出かけることも考えたが、今日は風が冷たいからな」

時吉が言った。

「風邪でも引かせたら大変なので」

と、おちよ。

「なら、そこののどか地蔵でいいよ」

千吉が身ぶりをまじえた。

「ずいぶん近場だな」

時吉が笑う。

「まあ、初詣に違いはないから」

おちよが言った。

そんなわけで、初代のどかとその娘のちのが祀《まつ》られている横手のお地蔵さまで初詣を済ませることになった。

「こうやって両手を合わせてお祈りするんだ」

千吉が手本を見せた。

少し遅れて、万吉の小さな手が動いた。

「そう」

おようが思わず声をあげた。

「できたね」

千吉が笑みを浮かべた。

「偉いぞ」

時吉もほめる。

「たまたまかもしれないけど」

と、おちよ。

「もういっぺんやってごらん」

千吉がうながした。

みなが見守るなか、千吉に背中を支えられた万吉は、のどか地蔵に向かってまたひょいと両手を合わせた。

「できた、できた」

おようが笑う。

のどか屋の家族の顔にも笑みが浮かんだ。

三

翌日——。
朝の豆腐飯の膳は、初めて泊まった客に大好評だった。

「ここにしてよかったな」

「これだけでも江戸へ出てきた甲斐《かい》があったよ」

「一膳で三度うまいんだから」

佐倉から来た三人衆が言った。

筋のいい豆腐屋から仕入れている木綿《もめん》豆腐を、毎日つぎ足しながら使っている「命のたれ」も加えただしで甘辛くじっくりと煮る。これをほかほかの飯にのっけたものが、のどか屋名物の豆腐飯だ。

まずは匙《さじ》で豆腐だけをすくって食す。これだけでも存分にうまい。

続いて、わっと飯とまぜる。これがまた笑いだしたくなるほどうまい。

三度目は、刻み海苔《のり》や胡麻やおろし山葵《わさび》などの薬味を好みで加えて食べる。こうすれば、一膳で三度も楽しむことができる。

これに具だくさんの味噌汁と香の物がつく。大きな丼で供されるから、腹にもたまる口福《こうふく》の朝餉だ。

泊まり客ばかりでなく、朝餉だけを食べにくる客もいる。近くに普請場がある大工衆や左官衆などが多いが、その日は珍しい客がのれんをくぐってきた。

「まあ、と……じゃなくて、筒井《つつい》さま」

おちよが目を瞠《みは》った。

「豆腐飯を食いにきたぞ」

そう言って白い歯を見せたのは、大和梨川藩主の筒堂出羽守《つつどうでわのかみ》良友《よしとも》だった。

かつて時吉が禄を食《は》んでいた藩を治めることになった快男児《かいだんじ》だ。初の参勤交代で江戸へ来てから、お忍びでほうぼうに出没《しゅつぼつ》している。着流しの武家に扮《ふん》しているときは筒井堂之進《どうのしん》という仮の名だ。

「どうあっても食したいと申されるもので」

お付きの稲岡一太郎《いなおかいちたろう》が言った。

名前は一だが、二刀流の達人だ。

「このあと、ついでに初詣にと」

もう一人の勤番《きんばん》の武士、兵頭三之助《ひょうどうさんのすけ》が表情をやわらげた。

こちらは将棋の名手だ。

「さようですか。どちらまで？」

おちよがたずねた。

「ここからなら、浅草がよかろう」

お忍びの藩主が答えた。

「奥山《おくやま》にいろいろ見世物などもありますものね」

と、おちよ。

「あんまり余計なことを言わんといてください。お付きは難儀をするんで」

半ばは戯れ言で、兵頭三之助が言った。

筒堂出羽守は何にでも興味を示すたちで、ややもすると糸が切れた凧《たこ》みたいな危なっかしいところもあるから、お付きの者は振り回されて苦労をする。

「はい、お待ちで」

ここで千吉が豆腐飯を出した。

「こちらにも」

時吉とおちよが勤番の武士たちにも出す。

「おお、来た来た」

お忍びの藩主はさっそく匙を動かした。

よろずにせっかちなたちだ。

「うまいっちゃ」

「江戸へ来るたびにこれが楽しみで」

先客の越中富山の薬売りたちが笑みを浮かべた。

「うまい、のひと言」

筒井堂之進と名乗る武家も満面の笑みで言った。

「おいしゅうございますね」

兵頭三之助も和す。

「お付きの役得です」

稲岡一太郎も満足げに言った。

そんな調子で、好評のうちに朝餉が平らげられ、お忍びの藩主が早くも腰を上げようとしたとき、またどやどやと客が入ってきた。

長袖の上からみなそろいの半纏をまとっている。その背には、愛嬌《あいきょう》のあるくじらが染め抜かれていた。

「まあ、いらっしゃいまし」

おちよが声をあげた。

「文《ふみ》を読んで、みなで来たよ」

そう答えたのは、品川のくじら組の棟梁の卯之吉だった。

四

「お久しぶりで、初次郎さん」

時吉が声をかけた。

「ご無沙汰しておりました。すっかり髷が白くなっちまって」

初次郎は頭に手をやった。

若死にしたせがれの跡を継いで、四十を過ぎてから大工の修業を始めた男だ。白く細くなった髷にその歳が表れていた。

「跡取りさんはすっかり立派になったねえ」

厨に入っている千吉を見て、棟梁が言った。

「もう子持ちですから」

おちよが笑みを浮かべた。

「へえ、そりゃめでたいな」

初次郎が表情をやわらげる。

「おかげさまで」

千吉がぺこりと頭を下げた。

ちょうど座敷が空いたので、いくたりかでやってきたくじら組の面々が腰を下ろした。

「ほう、いい半纏だな。何の組だ？」

出かけようとしていたお忍びの藩主が足を止めてたずねた。

国もとでは馬でほうぼうを廻り、領民に気安く声をかけていた藩主だ。何にでも興味を示して言葉をかけてくる。

「品川のくじら組っていう大工で」

棟梁が答える。

「こちらの初次郎さんは、四十を超えてから修業を始めてひとかどの大工になられたんですよ」

おちよが紹介した。

「ほう、それは思い切ったな」

お忍びの藩主の顔に驚きの色が浮かんだ。

「せがれが大工の修業に入ったんですが火事で若死にしちまって、順が逆ですがおいらが跡を継いだんですよ」

初次郎は包み隠さず言った。

「よく辛抱《しんぼう》したよ」

卯之吉がしみじみと言った。

「それは胸を打たれる話だな」

情のある藩主がうなずいた。

「で、わたしのおとっつぁんが隠居所を建てることになったので、普請をお願いしようかという話になって」

おちよが明かした。

「もう歳だから、そろそろやめようかと思ってたんですが、文を読んで気が変わりましたよ」

初次郎が味のある笑みを浮かべた。

「そうすると、やっていただけるんで？」

おちよの瞳が輝く。

「おいらにとっては最初で最後の棟梁仕事っていうことで」

初次郎が言った。

「気張ってやってくれ」

お忍びの藩主が励ました。

ここで朝餉の膳が来た。

大和梨川藩の面々は潮時と見てのどか屋を後にした。健脚の藩主だから、駕籠などは使わず徒歩《かち》で浅草寺《せんそうじ》に向かう。

泊まり客の朝餉は終わり、薬売りたちはあきないに出ていった。いつのまにか、のどか屋はくじら組の貸し切りのようになった。

「このあとはどうされるんでしょう」

時吉が厨から出てきてたずねた。

「おれらは品川神社と芝神明《しばしんめい》に詣でてあるんだが、ついでに浅草寺にもと思ってな」

棟梁が答えた。

「隠居所の下見もできればいいんですけど」

と、おちよ。

「なら、あとで元締めさんにつないでくるよ」

厨で洗い物をしながら、千吉が言った。

「ああ、これだけで来た甲斐があった」

豆腐飯を食しながら、初次郎が言った。

「うまいっすね、おやじさん」

若い大工が笑みを浮かべた。

平治《へいじ》という名だ。初次郎が修業を始めたときはまだ十五で、わらべに毛が生えたような感じだったが、すっかりたくましくなった。初次郎を実の父親のように慕っている気のいい若者だ。

「毎日食えたらありがてえんだがな」

と、初次郎。

「だったら、うちに長逗留《ながとうりゅう》して、浅草の普請場まで通われたらいかがでしょう」

おちよが水を向けた。

「おう、そりゃいいな。初次郎と平治の二人で隠居所を建てさせる肚《はら》づもりだったんで」

棟梁がすぐさま言った。

「なら、毎日このうめえもんを」

初次郎はそう言って、また豆腐飯を胃の腑に落とした。

「そりゃ願ったり叶ったりで」

平治も満面に笑みを浮かべた。

　ここでおようが万吉を抱っこして入ってきた。

　朝餉を食べ終え、茶を呑みはじめていたくじら組の大工衆に、のどか屋の三代目は大の人気だった。

「いい面構えだな。大きくなりな」

　棟梁が言った。

「行く末は料理人かい」

「そりゃ、おとっつぁんの背を見て育つからよ」

　大工衆が言う。

「そういえば、おいらが大工の修業を始めたころ、二代目はわらべ用のまな板で稽古《けいこ》をしてましたな」

　初次郎がいくらか遠い目で言った。

「ああ、そうですね。とんとん、とんとんって、声を出しながら包丁を動かして」

　おちよが身ぶりをまじえた。

「初次郎も、そのうち孫ができるだろう」

　棟梁が言った。

「すると、おしんちゃんが？」

おちよが身を乗り出した。

「ありがてえことに、娘は一緒に版木彫りの修業をしていた利三《としぞう》っていう職人と一緒になったんでさ」

初次郎が答えた。

「まあ、それはおめでたいことで」

おちよのほおにえくぼが浮かんだ。

「おめでたく存じます」

時吉も声をかける。

「おめでたいことで」

千吉も頭を下げた。

おしんはのどか屋の手伝いをしていたから、身内のようなものだ。

「版木彫りも、もうかなりの腕前になったでしょうね」

おちよが言った。

「このあいだ会ったときに手を見たら、ずいぶんと『ほまれの指』になってましたよ」

初次郎はそう答えて、おのれの指をかざした。

「初次郎さんの指も、大工さんの指で」

　おちよが笑みを浮かべる。

「もう棟梁の指だな。いままで修業してきた力のありったけを出して、いいものをつくれ」

　棟梁が言った。

「へいっ」

　初次郎は気の入った表情で答えた。

五

　千吉が元締めの信兵衛を呼んできた。

　泊まり客がいるとはいえ、正月は余裕があるからおちよも父の顔を見がてらついていくことになった。

「普請はいつからに？」

　おちよがたずねた。

「いや、まず下見をして、どれくらいの材料が要るか見積もらねえと」

初次郎は慎重に答えた。

「そりゃあ今日のうちにやっちまえばいい。知恵は出すからよ」

くじら組の棟梁が言った。

「なら、浅草寺にお参りしてから、検分していただきましょう」

元締めが言った。

正月とあってずいぶんな人出だったが、順を待ってお参りを済ませた。それから、長吉屋がある福井町《ふくいちょう》に向かった。

「おとっつぁんは寝てるかしら」

おちよがいくらか足を速めた。

長吉屋の裏手に長屋があり、あるじの長吉もそこで暮らしている。もう何年になるか分からないほどの長住まいだ。

娘婿の時吉にそのうち見世を譲り、隠居所でのんびり暮らすという絵図面だ。ただし、あまりじっとしてはいられない性分《しょうぶん》だから、体が動くうちに今度は関八州《かんはっしゅう》に散らばった弟子たちのもとをたずねる肚づもりのようだ。

長吉は寝起きでいくらか眠そうだったが、くじら組の面々の顔を見るとしゃきっとした表情になった。

「そうですかい、最初で最後の棟梁仕事を」

棟梁の卯之吉から話を聞いた長吉は、初次郎を感慨深げに見た。

「気張ってやらせてもらいます」

髷が白くなった大工は引き締まった顔つきで言った。

「少々しくじっても文句は言わねえから、楽な心持ちでやってくださいまし」

長吉は笑みを浮かべた。

「なら、普請場の下見に」

元締めがうながした。

一同は隠居所を建てるところに移った。

「火が出たあとで、まだ片づけも終わってないんですが」

信兵衛が指さして言った。

「なら、荷車を借りてやっちまいましょう」

棟梁が言った。

「これだけ頭数《あたまかず》がいれば、すぐ終わるでしょうよ」

「今年の初仕事で」

くじら組の面々が言う。

気のいい大工衆の働きで、見る見るうちに片づけが進んだ。

そのかたわら、隠居所の絵図面が引かれ、ほうぼうの寸法が測られた。

「左官と畳屋のあてはあるし、これでなんとかなりそうですね」

元締めが長吉に言った。

「ありがてえこって」

古参の料理人は軽く両手を合わせた。

段取りはさらに進んだ。

木材などの支度が整ったら、若い衆が手を貸して荷車で普請場へ運び入れる。そこから先は初次郎と平治の二人がのどか屋に泊まって普請をし、頃合いを見て左官を加えて、最後に畳を入れる。これで隠居所の出来上がりだ。

「あとは建てるだけですね、初次郎さん」

おちよが笑顔で言った。

「気を入れてやりまさ」

晩学《ばんがく》の大工が笑みを返した。

第四章　おろし煮と香味《こうみ》焼《や》き

一

「やれやれ、終わったよ」

のどか屋ののれんをくぐるなり、初次郎が言った。

「ご苦労さまです」

おちよが頭を下げた。

「明日からですね、棟梁」

若い大工の平治が言った。

「最初で最後の棟梁仕事だからな。気張ってやらねえと」

初次郎は二の腕をたたくと、一枚板の席に座った。

日はもう西に傾きはじめていた。今日は品川から木材などを荷車に積んで運んだ。もう一人、同じくじら組の助っ人が手伝い、滞《とどこお》りなく普請場に運び入れた。助っ人は近くの親戚の家に泊まるということで、初次郎と平治だけが戻ってきたところだ。

「そろそろ火を落としますが、秋刀魚《さんま》のおろし煮などはいかがでしょう」

千吉が厨から言った。

「炊き込みご飯もございます」

おようが水を向けた。

「ああ、どちらもいいね」

と、初次郎。

「それから熱燗《あつかん》も」

平治が右手を挙げた。

「承知しました」

おようが笑みを浮かべた。

おちよはのれんをしまった。まだ旅籠の部屋は埋まっていないので、これから客が来るかもしれないが、朝餉から始まった一日がそろそろ終わる。長いようだが、慣れてしまえばあっという間だ。

ほどなく、酒と料理が出た。

「ほう、おろし煮って何かと思ったら、大根おろしで煮てあるのかい」

初次郎が出された碗を見て言った。

「何か分かんないのに『いいね』って言ったんですか、棟梁」

平治が笑う。

「秋刀魚なら間違いねえと思ってよ」

初次郎も笑って答えた。

「揚げたての秋刀魚を大根おろしで煮るとおいしいので」

千吉が言った。

「こちらは炊き込みご飯でございます」

おようが椀を置いた。

大豆《だいず》と油揚げだけの素朴な炊き込みご飯だが、醤油の香りがいい感じに漂っている。

食せばほっとする味だ。

「ああ、ほんとだ、うめえ」

秋刀魚のおろし煮を食すなり、初次郎が声をあげた。

からりと揚げた秋刀魚を、だし汁に味醂や醤油を加えたものでひと煮立ちする。そこへ大根おろしを加える。あらかじめ水気を切っておくのが骨法《こつぽう》だ。こうすれば大根のうま味が引き立つ。

またひと煮立ちしたところで火から下ろし、青葱を加えて器に盛る。

「秋刀魚は塩焼きばっかりだったんだけど、こりゃうめえや」

平治も満足げだ。

「ほかに、蒲焼《かばや》きなどもおいしいです」

片づけを始めながら、千吉が言った。

「そりゃ、普請場から戻るのが楽しみだ」

初次郎が笑みを浮かべた。

「明日から、気張っていきましょう」

平治が酒をつぐ。

「おう」

棟梁の顔で、初次郎が受けた。

二

翌日から、くじら組の二人は普請場へ通うようになった。

時吉が長吉屋の指南役をつとめる日は、行き帰りを一緒にすることにした。だいぶ歩くが、話をしていれば短く感じるものだ。

「このたびの普請場が終わったらどうされるんで？」

時吉が歩きながらたずねた。

「ひと休みしてから、屋台でもこしらえようかと」

初次郎は答えた。

「ああ、大工さんなら屋台の一つや二つはお手の物ですからね」

時吉がうなずく。

「普請場の合間に、頼まれてつくることもあるんで」

平治が言った。

「で、何の屋台を？」

時吉はさらに問うた。

「まだ決めてませんが、うめえもんを売りたいですな」

初次郎が答えた。

「なら、のどか屋さんで修業しては？」

平治が水を向けた。

「それなら、いくらでもお教えしますよ」

時吉がすぐさま言った。

「大工の修業が終わったら、今度は料理ですかい」

初次郎が渋く笑う。

「屋台で出す蕎麦《そば》などの修業でしたら、そう長くはかからないので。現に、もと素人噺家《はなしか》で、いまは大川端《おおかわばた》の名物蕎麦の屋台を担いでいる人にお教えしたことがあります」

時吉が告げた。

「ほう。そりゃまた思い切った身の振り方で」

初次郎の顔に少し驚きの色が浮かんだ。

「このところも何かとご法度《はっと》が増えてきましたが、以前にも締め付けが厳しくなったことがあって、寄席に出られなくなった噺家さんが屋台の蕎麦屋にあきない替えすることになったんです」

時吉が伝えた。

大川端に屋台を出している翁《おきな》蕎麦の元松《もとまつ》親分のことだ。あきないは乾物屋だったのだが、紆《う》余曲折《よきょくせつ》を経て屋台の蕎麦屋になり、十手も預かっている。

「なるほど、人が歩む道はいろいろですな」

初次郎はうなずいた。

「なら、蕎麦屋をやりますか、棟梁」

平治が軽く言った。

「蕎麦屋か……屋台なら、天麩羅《てんぷら》が好きだがな」

初次郎が答える。

「ああ、天麩羅でしたら、しばらくうちで修業すれば出せるでしょう」

時吉が請け合った。

「むずかしくないですかい?」

初次郎が問うた。

「たねの仕込みや串打ち、衣《ころも》の加減など勘どころはいろいろありますが、揚がり具合は天麩羅が音で教えてくれますので」

時吉は笑みを浮かべた。

「音で？」

初次郎はいくらかけげんそうな顔つきになった。

「火が通ると、天麩羅の音が変わるんです。『そろそろ揚がるぞ、うまいぞ』とささやくような音に」

時吉は答えた。

「聞いてるだけでよだれが出そうです」

平治が白い歯を見せる。

「なるほど……まあとにかく、いまは普請が何よりの大事なので」

初次郎の表情が引き締まった。

「時をかぎられてるわけじゃないから、落ち着いてやりましょう」

若い大工が言った。

「そうだな」

と、初次郎。

「気張ってくださいまし」

時吉が笑顔で励ました。

三

その日ののどか屋の中食は、蛤《はまぐり》の炊き込みご飯を出した。

これに寒鰤の刺身といつもながらに具だくさんのけんちん汁、それに大根菜のお浸《ひた》しと香の物がつく。

蛤の炊き込みご飯は、米をとがずにつくる。そのほうが野趣《やしゅ》が生まれて、蛤の濃い味がさらに活かされる。

つくり方はいたって簡明だ。蛤を入れて炊き終えたら、蒸らしてから醤油を加え、味をなじませるだけだ。

ただし、蛤の吟味《ぎんみ》には細心の注意を払う。たたき合わせてみて、濁った音が出た蛤は使わない。一つでも悪いものがまじっていたら、すべてが台なしになってしまうからだ。

こうして心をこめてつくった炊き込みご飯はいたって好評だった。

「どれもこれもうめえな」

「けんちん汁の人参がうめえ」

「そこをほめるかよ」

「味の濃い金時《きんとき》人参だからよ」

砂村《すなむら》から運ばれてくる上等の金時人参は、汁物にも煮物にもかき揚げにもいい。むろん、金平《きんぴら》でもうまい。

「蛤をこんなに食えてほくほくだな」

「殻のちゃりんという音を聞くだけで銭がたまりそうだ」

「なら、休みにして帰るか」

客の一人が軽口を飛ばした。

そんな調子でほうぼうで小気味よく箸が動き、のどか屋の中食はまた滞《とどこお》りなく売り切れた。

短い中休みを経て、今日はおようとおけいが呼び込みに出た。

江美と戸美は習いごとの日で休みだ。そんなときは、万吉に先に乳をやってからおようがおけいとともに呼び込みに行く。

帰ってくるまでのあいだ、万吉の世話はおちよのつとめだ。千吉も仕込みをしながらしきりに声をかける。母がいないせいでぐずってしまい、気をもむこともあるが致し方ない。

「お泊まりは、小料理屋がついた横山町ののどか屋へ」

慣れた調子で、おようが呼び込みの声をかける。

「朝は名物、豆腐飯ー」

おけいが和す。

「大松屋は江戸一の内湯が自慢ですよー」

大松屋の若あるじの升造が声を張りあげた。

千吉の竹馬《ちくば》の友で、一歩先んじて子が生まれた。升吉《ますきち》と名づけたから、ここいらは吉だらけだ。

いつものように、競うように呼び込みをしているうち、まず大松屋に客がついた。内湯自慢の旅籠はそう多くないから、升造の呼び込みに飛びつく客は多い。

「なら、お先に」

升造は上機嫌で言った。

「お疲れさまです」

おけいとおようの声がそろう。

のどか屋のほうにも、ほどなく客が見つかった。

川越《かわごえ》から江戸見物に来た三人組だ。

「では、ご案内いたします」

おようがさっそく案内しようとしたとき、だしぬけに声がかかった。

「もし」

と、声をかけてきたのは、長い総髪《そうはつ》を後ろで束《たば》ねた男だった。

「何でしょう」

おけいが問う。

「まだ泊まり部屋はありますか」

そうたずねる。

四十くらいの歳恰好だが、その顔つきはいやに暗かった。

「はい、ございますよ」

おけいはすぐさま答えた。

「前払いをすれば、長逗留もできましょうか」

男はさらに問うた。

「もちろんです。内金をいくらかいただければ、当方もありがたいです」

おようが如才なく言った。

「朝餉の豆腐飯が名物で、それを楽しみにお泊まりになる常連さんもたくさんおられます」

ここぞとばかりに、おけいが言った。

「そうですか……では、お世話になります」

総髪の男は軽く頭を下げた。

「ありがたく存じます」

おようは満面の笑みで言った。

川越の三人衆はにぎやかに掛け合いながら歩いていたが、総髪の男はひと言も発しなかった。

その表情は、曇ったままだった。

四

その日の帰りも、時吉と初次郎たちは一緒になった。

のどか屋に戻ったときは、もうのれんはしまわれていた。千吉とおようも万吉をつれて長屋へ帰るところだ。

「やれやれ、一日が終わったな」

初次郎が一枚板の席に腰を下ろすなり言った。

「お疲れさまでございました」

おちよが頭を下げた。

「ここからいくらか歩くと、遅くまでやってる煮売り屋がありますし、岩本町には湯屋もありますので」

千吉が如才なく言った。

「湯屋の場所はあるじから聞いたんで」

初次郎は時吉のほうを手で示した。

「その斜向《はすむ》かいには、弟子がやっている『小菊《こぎく》』っていう細工寿司《さいくずし》のおいしい見世がありますⅠ
時吉が言った。

弟子の吉太郎《きちたろう》と、湯屋のあるじの娘のおとせが切り盛りしている見世だ。千吉と同じく、跡取り息子の岩兵衛《いわべえ》はもうひとかどの料理人の面構えになっている。

「細工寿司ばかりでなく、おにぎりや味噌汁もおいしいので」

おちよのほおにえくぼが浮かんだ。

「なら、舌だめしを兼ねて行きましょうか」

平治が水を向けた。

「帰ってきたばかりで大儀じゃありませんか」

おちよが気づかう。

「なに、湯に浸かってうめえもんが食えると思ったら元気が出たよ」

初次郎は笑って答えた。

「途中までは一緒ですから」

万吉を抱っこした千吉が言う。

「では、ご一緒に」

おようも笑みを浮かべた。

こうして、初次郎と平治、それに三代目の家族が出ると、のどか屋は急に静かになった。

時吉はおちよから今日のあらましを聞いた。中食の評判はどうだったか、泊まり客はどうか、聞いておくことはいろいろある。

「そうそう。ちょっと気になるお客さんがいて」

おちよは少し迷ってから告げた。

「泊まり客か」

時吉が問う。

「ええ。長い総髪を後ろで束ねたお客さんで、どうも顔つきが暗いので」

おちよはそう答えて湯呑みを出した。

「悪さをするような感じか」

受け取った時吉は、さっそく茶を少し啜《すす》った。

ただの番茶だが、寒い時分にはこれが何よりだ。

「そんな感じでは」

おちよはあわてて首を横に振った。

「おまえの勘ばたらきは鋭いからな」

時吉はさらに茶を呑んだ。

「ただの思い過ごしならいいんだけど」

おちよはそう答えて、通りかかった小太郎の背中を軽くなでた。

五

のどか屋には泊まり部屋が六つある。

まずは二階の通りに面したほうに三つ。こちらは見晴らしがいいものの、荷車の音や人の話し声が聞こえるのは玉に瑕《きず》だ。

奥には二つ。こちらのほうが静かだ。つくりが同じ三部屋のうち、並びの一部屋は時吉とおちよが使っている。

一階は小料理屋だが、泊まり部屋も一つだけある。足が悪い客にはこちらのほうが重宝《ちょうほう》だ。隠居の季川が泊まる日は、ここには客は入れない。

暗い顔つきの客の泊まり部屋は、二階の通りに面したほうだった。総髪を後ろで束ねた男は、ぼんやりと往来をながめていることが多かった。せっかくの名物の豆腐飯なのに、食べにもこない。

「中食には見えるかしら」

おちよが時吉に言った。

今日は親子がかりで、時吉はのどか屋に詰める。大ぶりのかき揚げ丼に寒鰤の照り焼き、それに浅蜊汁《あさりじる》をつけたにぎやかな膳にするつもりだった。

「こちらから呼びにいくわけにもいかないだろう」

朝餉の後片づけをしながら、時吉が答えた。

「そりゃそうだけど」

おちよはややあいまいな顔つきで答えた。

その日の中食もいたって評判がよかった。

「さくっと揚がってるねえ、かき揚げが」

「人参の赤と葱の青みが目にしみるようだぜ」

「でけえだけじゃなくて、たれがたっぷりかかってるしよう」

「このたれのしみた飯がまたうめえんだ」

客はみな満足げな表情だ。

かき揚げ丼ばかりではない。寒鰤の照り焼きも浅蜊汁も好評だった。

「照り焼きは白い飯がいいと思ってたがよ」

「かき揚げ丼にも合うな」

「出されてみるとぴったりなんだ、のどか屋の膳は」

客が口々に言った。

「ありがたく存じます。よろしければ、かき揚げ丼のたれをお足ししますよ」

壺を抱えたおちよが言った。

「おう、気が利くな」

「かけてくんな」

「こっちも頼むぜ」

次々に手が挙がる。

「はい、ただいま」

おちよがすぐさま動いた。

こうして、中食の四十食はたちどころに売り切れた。

しかし、例の総髪の客は、昼も食べにこなかった。

どこぞへふらりと出かけていったらしく、姿が見えなくなった。

六

二幕目に入ると、岩本町の御神酒徳利がやってきた。

「初次郎さんたちは上機嫌でしたよ。いいお湯で、そのあとの『小菊』もおいしかったって」

おちよが寅次に告げた。

「おう、吉太郎とおとせから聞いたよ。また通ってくんな」

湯屋のあるじが気安く言った。

「うん、かき揚げがうめえな」

野菜の棒手振りが笑みを浮かべた。

かき揚げ丼用のたねは多めにつくってある。二幕目に所望があればかき揚げだけ出すことができる。

「富八さんの葱が好評でした」

厨から千吉が言った。

「それだとおいらが育てたみてえだな」

そう言いながらも、野菜の棒手振りは上機嫌だった。

その後も、常連が顔を見せた。

元締めの信兵衛が大松屋のあるじの升太郎《ますたろう》とともにちらりと顔を出したかと思うと、隠居の季川が悠然《ゆうぜん》と姿を現した。

「いくらか早かったかね」

隠居が笑みを浮かべた。

今日は良庵の療治を受ける日だ。

「いつもうちの湯を使っていただき、ありがたく存じます」

升太郎が如才なく言った。

「大松屋さんの内湯は、とにかく落ち着くからね」

隠居の白い眉がやんわりと下がる。

「その自慢の内湯をいずれ増やそうかという話になってね」

元締めが言った。

「建て増しですか？」

おちよが問う。

「内湯を増やすためには、建て増しをしなければならないから、思案のしどころですよ。評判がいいのはありがたいんですが、お客さんが順待ちになったりするもので」

升太郎が答えた。

「わたしも長湯にならないように気をつけてるんだがね」

座敷で待つ隠居が言った。

「升ちゃんはどう言ってるんですか？」

千吉が厨から問うた。

「せがれは乗り気だから、まあやることになるだろうね。いまある内湯も使いながら普請ができれば言うことなしなんだが」

大松屋のあるじが答えた。

「おとっつぁんの隠居所もあるし、普請つづきですね」

おちよのほおにえくぼが浮かんだ。

ここで料理が出た。

揚げ大根の海老あんかけだ。今日は親子がかりだから、二幕目に凝った肴を出せる。

大根を揚げ、海老を刻《きざ》んでたたいて片栗粉《かたくりこ》でとろみをつけたあんをかけたこの料理は、手間はかかるが上々の仕上がりだった。

「だしあんと揚げ大根がいい塩梅《あんばい》に響き合ってるねえ」

隠居がうなった。

「だしも塩加減も控えめだから、海老のうま味が活きてるよ」

元締めが笑みを浮かべた。

「ありがたく存じます」

二代目の千吉が厨を出て、いくらか芝居がかったおじぎをした。

七

大松屋のあるじと元締めが去り、按摩の良庵とその女房のおかねがやってきた。

座敷で療治が始まってほどなく、灯屋の幸右衛門と狂歌師の目出鯛三がつれだって入ってきた。どうやら『料理春秋』の執筆は順調に進んでいるようだ。

「元になる紙の出来が素晴らしかったので、わたしの筆もすらすら進みますよ」

目出鯛三が筆を動かすしぐさをした。

「それは楽しみです」

おようが笑みを浮かべた。

奥でしばらく休んでいたが、万吉が目を覚ましたので一緒につれてきている。

「この調子なら、遅くとも初鰹《はつがつお》の時分には出せるんじゃないかと思います」

灯屋のあるじが言った。

「まあ、存外《ぞんがい》に早くできるものですね」

おちよが目をまるくした。

「そりゃあ、おまんまの元ですからね」

目出鯛三が言う。

「先生はほかにも引札《ひきふだ》やかわら版のお仕事があるでしょうが、手前どもは書物を売らないことにはおまんまの食い上げですから」

幸右衛門が言った。

「このところは水野様の締め付けで、いろいろと『まかりならぬ』と言われていると聞くからね」

療治を受けながら、隠居が言った。

「そのとおりでございます。天保の改革ということで、人情本をはじめとしてご法度が増えてまいりましてね」

灯屋のあるじが言った。

「料理の本は大丈夫ですよね」

千吉が少し気づかわしげに問うた。

「それは大丈夫でしょう。料理の書物は泰平《たいへい》の証《あかし》ですから」

幸右衛門が笑みを浮かべた。

「出れば出るほど泰平が広がり、世の中の役に立ちますからね」

目出鯛三も和す。

ここで、次の料理が出た。

秋刀魚の香味焼《こうみや》きだ。

塩焼きを筆頭に、秋刀魚の焼き物は数々あるが、香味焼きはひと手間かかっている。

秋刀魚を筒切りにしてわたを除き、よく洗って塩を振り、出た水気を拭いて小麦粉《こむぎこ》をまぶす。それから両面をこんがりと焼く。

たれに加えるのは葱と生姜《しょうが》、それに、細かく刻んだ昆布《こんぶ》の佃煮《つくだに》だ。

茶漬けにしてもうまい昆布の佃煮は、わりかた新しい料理だが、時吉はいち早く取り入れていた。これを刻んで香味焼きのたれに加えるのを思いついたのは千吉だ。まさに親子がかりのひと品だった。

「これはおいしゅうございますね」

食すなり、灯屋のあるじが言った。

「さすがに長屋の女房衆ではつくれないかもしれませんが、うまいです」

目出鯛三が和す。

「昆布の佃煮あってこそのお料理ですからね」

万吉の機嫌を取りながら、おようが言った。

「早くいただきたいね」

座敷で腹ばいになった季川が言った。

「まもなく終りますので」

良庵が笑みを浮かべた。

その言葉どおり療治が終わり、按摩とその女房は次の療治場へ向かった。

「やれやれ、やっとありつけたよ」

季川がそう言って、秋刀魚の香味焼きを口中に投じた。

「いかがです？」

千吉が待ちきれないとばかりに問うた。

「いや……」

いったん言葉を切り、猪口の酒を呑み干してから続ける。

「千坊もこんな深みのある料理をつくれるようになったかと思うと、感慨《かんがい》を催《もよお》すね」

隠居は温顔で言った。

「年季は嘘をつきませんから」

時吉が厨から言った。

「いい言葉ですね」

灯屋のあるじがうなずいた。

そのとき――。
泊まり客がのどか屋に帰ってきた。
例の暗い顔をした総髪の男だ。
客の顔を見るなり、その表情が変わった。
すぐさまうしろを向いて逃げ出そうとする。
その背に向かって、灯屋のあるじが鋭く言った。
「待ってください、春宵《しゅんしょう》先生」
書肆のあるじは、客の名をそう呼んだ。

第五章　煮奴と茶碗蒸し

一

「春宵さん」

目出鯛三も声をかけた。

どうやら灯屋のあるじも狂歌師も顔なじみらしい。

ひとたびは逃げようとした客は、観念したような顔つきになった。

「お知り合いだったんですか」

おちよの顔に驚きの色が浮かんだ。

「まあ、こちらへ、春宵先生」

幸右衛門が立ち上がり、一枚板の席を身ぶりで示した。

「替わろうか」

座敷から隠居が言った。

一枚板の席に三人でも狭すぎることはないが、じっくり話をするには鍋などを囲める座敷のほうが落ち着く。

「では、お運びします」

「手伝いますので」

大おかみと若おかみがてきぱきと動き、料理の皿と銚釐《ちろり》などを運んだ。

腰の療治を終えた季川はいつもの一枚板の席に陣取った。幸右衛門と目出鯛三、それに、春宵と呼ばれた男は座敷に移る。

「あたたかいものがよろしゅうございますね？」

おちよが問うた。

「さようですね。心がほっこりするようなものを」

灯屋のあるじが笑みを浮かべた。

「承知で」

千吉が真っ先に答えた。

「茶碗蒸しも頭数分お出しできますので」

時吉も言った。

「ああ、いいね」

今度は隠居が答えた。

まずは酒が出た。

目出鯛三が春宵につぐ。

ほどなく、名字も分かった。

吉岡《よしおか》春宵は、人気のある人情本作者だった。

さまざまな書肆から本を出し、それなりの暮らしをしていた。そのなかには灯屋も含まれていた。

しかし……。

天保の改革の波が人情本作者を襲った。

人情本などまかりならぬ。

そんなお達しがあったのだ。

江戸十里四方所払いだけはどうにか逃れたが、春宵は百《ひゃく》敲《たた》きの刑を受けた。

筆一本で世渡りをしてきた男にとって、体ばかりでなく心も痛んだ。

ひと敲き、ひと敲きが痛かった。

人情本の作者として世渡りをしてきた総髪の男に含むところがあったのか、役人は渾身《こんしん》の力をこめて敲いた。

その笞《むち》の痛みがつらかった。たとえようもなく、つらかった。

春宵は心を決めた。

筆を折ることにしたのだ。

二

煮奴《にやっこ》の鍋ができた。

座敷で取り分け、酒を呑みながら春宵の打ち明け話を聞くことになった。

「もともと、人情本の筆が進まず、どうしようかと悩んでいたんです」

相変わらず暗い顔つきで、春宵は言った。

「それなら、お達しが出たのを機にあきない替えをという気にはならなかったのかい？」

一枚板の席から、隠居が温顔で問うた。

「もう……何もかも嫌になってしまって」

春宵は顔を伏せた。

「まあ、食べてください。心もあたたまりますよ」

目出鯛三が取り分けたものを渡す。

「はい」

春宵が受け取った。

歳は三十代の半ばくらいだろうか、あまり食が進んでいなかったらしく、ほおがずいぶんこけている。

「相変わらずうまいね」

一枚板の席には一人分の煮奴が出た。

隠居がさっそく舌鼓《したつづみ》を打つ。

「味が分かっているはずなのに、食すたびにうまく感じるね」

と、季川。

「豆腐飯もそうですけど、同じ味がほっとするのかもしれません」

おちよが笑みを浮かべた。

「ああ……おいしい」

春宵がしみじみと言った。

「生き返るような味でしょう」

幸右衛門が言った。

「ええ、実は……」

もと人情本作者はそこで言葉を切った。

重い沈黙だった。何か大事なことを告げようとして、言いだしかねているような様子だった。

みなそれと察して、春宵の次の言葉を待った。

「実は、何でしょう」

おちよが助け舟めいたものを出した。

「はい……こちらの宿賃は先払いにさせていただきました」

春宵は遠回りとも思われる答えをした。

「ひょっとして、良からぬことでも？」

勘の鋭いおちよが問うた。

「今日も、大川端へ行ってきました。身投げの下見で」

春宵は意を決したように答えた。

三

死のう、と思った。

お咎めを受ける前から、ずっと気鬱《きうつ》だった。

食うためには仕方がないとはいえ、嘘で固めた人情本を綴《つづ》るのがだんだんいやになってきた。

そんな矢先に、お咎めを受けた。

人情本はまかりならぬと言われ、筆を取り上げられた。

ふしぎなもので、これ幸いとばかりにあきない替えをする気にはならなかった。気鬱はさらにひどくなった。

おのれがやってきたすべてのこと、歩んできた人生を、べっとりと墨で塗りつぶされてしまったかのように感じられた。

お仕置きも痛かった。

おまえは生きていても仕方がない。死ね。

ひと敲き、ひと敲きがそう告げているかのようだった。

春宵は独り者だ。家族はいない。天涯《てんがい》孤独の身だ。

まだ若い頃、所帯を持ったことはあった。若くして人情本作者として世に出た春宵のもとへすり寄ってきた娘を女房にしたのだ。

さりながら、口数が少なく、仕事ばかりしている春宵に愛想《あいそ》をつかした女房は、早々に出ていってしまった。それ以来、ずっと独り者だ。

書物を読んで学んだから、人情本を書くことはできた。むやみに当たるわけではなかったが、幸いにも世渡りはできた。深川でいくたびか家移《やうつ》りをしながら、春宵はつましい暮らしを続けてきた。

だが、もう終わりだ。

何をする気力もわかなくなった。

わずかな貯《たくわ》えがなくなったら、大川に身を投げるつもりだった。

そのために、下見に行った。

どこから川に入り、身を沈めればいいか、あれこれと検分した。

しかし……。

踏ん切りがつきそうになかった。

身を投げる度胸すらないのか。

死ぬこともできないのか。

春宵は悄然《しょうぜん》とのどか屋へ戻ってきた。

「疲れているんだよ」

季川がいたわるように言った。

「ずっと書きつづけてきたんですから、春宵先生は。この辺でしばらく休まれてはいかがでしょう」

灯屋の幸右衛門も言う。

「こういうおいしいものを食べて、ゆっくり休めば、そのうち気力もわいてきますよ」

目出鯛三がそう言って、煮奴を口中に投じた。

「ええ」

短く答え、春宵も続く。

「同じようにお咎めを受けて、噺家から屋台の蕎麦屋になった方がおられます」

時吉が伝えた。

もとは素人噺家だった翁蕎麦の元松親分のことだ。

「うちの厨で修業されたんですよ」

　おちよが和す。

「もし屋台などをおやりになる気があるのでしたら、いくらでもお教えしますので」

　時吉が言った。

「お蕎麦だけじゃなくて、天麩羅でも寿司でもおでんでも何でもいけますから」

　千吉が言葉を添えた。

「いかがです？　屋台は」

　おちよが水を向ける。

「うーん……」

　春宵はあいまいな顔つきで黙りこんだ。

　みな次の言葉を待つ。

「あまり口数が多くないので、お客さんの相手はちょっと」

　もと人情本作者は力なく首を横に振った。

「まあ、なりわいはほかにもいろいろあるからね」

　季川が温顔で言った。

「でも、力仕事などは向かないもので……」

春宵は目を伏せた。

「それは、やつがれだって同じでございますよ」

目出鯛三がおどけた口調で言った。

たしかに、駕籠かきや荷車引きなどはつとまりそうもない体格だ。

「人には向き不向きがあるからね」

と、隠居。

「ああ、それなら」

万吉をあやしていたおようが、ふと何かを思いついたような顔つきになった。

「つまみかんざしづくりはいかがでしょう。義父《ちち》が親方で、母と弟が手伝いをしているもので、ご紹介はできますが」

およう言った。

蕎麦屋を営んでいた実父は心の臓の差し込みで若くして亡くなってしまった。母のおせいと一緒になった大三郎は腕のいいつまみかんざしづくりの職人で、人に教えるのもうまい。

「ああ、それはいいかも」

おちよがすぐさま言う。

「つまみかんざしづくりなら、黙って座ってできるからね」

隠居が言う。

ここで風呂吹き大根が出た。

柚子《ゆず》味噌が風味豊かなひと品だ。身も心も寒いときに食せば、やさしい味が五臓六腑にしみわたる。

「手先は器用なほうで？」

おようが問うた。

「人としゃべるのに比べたら、そのほうがずいぶんと楽です」

春宵はようやく少し笑みを浮かべた。

風呂吹き大根に控えめに箸を伸ばす。

食すなり、ほっ、と一つ息がもれた。

「なら、明日にでも話をしてきたら？」

千吉がおように言った。

「子守りはわたしがやるから」

おちよが笑みを浮かべた。

「よろしゅうございましょうか、親方に話をしても」

おようがおうかがいを立てた。

「さようですね……」

春宵はまだ心を決めかねている様子だった。

「これも何かの縁だからね」

背中を押すように、季川が言った。

「つまみかんざしづくりの仕事場はどちらに？」

目出鯛三が問うた。

「本所です。川向こうで」

およう が身ぶりをまじえた。

「わたしも深川ですから。通うことはできます」

春宵が言った。

「それは好都合ですね」

猫のえさの支度をしながら、おちよが言った。

ここで茶碗蒸しができた。

海老や椎茸《しいたけ》や里芋などが入った碗で、玉子をていねいに漉《こ》してつくっているから、ことにやさしい味がする。

「生きていればこその味だね」

それとなくさとすように、季川が言った。

匙を口に運んだ春宵がうなずく。

「はいはい、お待たせせね」

おちよがえさを運んでいった。

「にゃーにゃは元気だね」

万吉を抱っこしたおようが笑う。

小太郎としょうとふく、雄猫たちは我先にと皿に顔を突っ込んでいく。二代目のどかと老猫のゆきも続く。いつもながら、心がなごむ光景だ。

「そうそう、深川にお住まいでしたら、一つ手前どもの仕事もお頼みしたいのですが」

灯屋のあるじが言った。

「ははあ、早指南ものですね」

目出鯛三がすかさず言った。

「さようです。目出鯛三先生に、先般『浅草早指南』をご執筆いただき、なかなかに好評だったもので、何冊かそろえられればと考えているのです。ついては、『本所深川早指南』を春宵先生にお願いできればと。『深川早指南』だけでもかまいませんので」

幸右衛門がよどみなく言った。

「むろん、それだけで食えたりはしませんが、つまみかんざしの内職とそういう書物の二股《ふたまた》をかければ、この先も世渡りはできるでしょう」

目出鯛三が笑みを浮かべた。

「ありがたく存じます。思案してみます」

春宵はそう言って瞬《まばた》きをした。

「返事は急ぎませんので」

灯屋のあるじが言った。

「おいしいものを食べて、じっくり思案するといいよ」

隠居が温顔で言う。

「はい」

短く答えると、春宵はまた茶碗蒸しに匙を伸ばした。

四

翌朝――。

昨日は来なかった春宵が顔を見せた。

むろん、名物の豆腐飯の朝餉だ。

おちよと千吉が競うように食べ方を教えると、もと人情本作者はすぐ呑みこんで匙を動かしだした。

「どうだい？　のどか屋の名物は」

昨晩は一階の部屋に泊まりの隠居がたずねた。

「これも……」

春宵は豆腐飯を胃の腑に落としてから続けた。

「生きてこその味です」

昨日、隠居が発した言葉だ。

「さようですね」

おちよが笑みを浮かべた。

「中食もぜひお越しくださいまし」

千吉が厨から言った。

「ええ、そういたしましょう」

春宵は笑みを返した。

「四十食かぎりですので、お早くお願いします」

と、千吉。

「今日は焼き飯にするそうです」

時吉が跡取り息子を手で示した。

昨日は親子がかりだったが、朝餉が終われば時吉は長吉屋へ急ぐ。中食は千吉一人の厨だ。

「気張ってつくりますので」

千吉が鍋を振るしぐさをした。

「浅草の普請場から食べに来たいくらいだな」

初次郎が言った。

「そりゃ疲れますよ」

平治が笑う。

「焼き飯も楽しみです」

　春宵が言った。

「これなら、もう大丈夫だね」

　隠居が小声でおちよに言った。

「ええ」

　おちよは安心したようにうなずいた。

五

　中食の頃合いになった。

　春宵も早めに二階から下りてきた。

「まもなく始まりますので」

　おちよのほおにえくぼが浮かんだ。

「泊まりのお客さんは先に座っていてくださいまし」

　抱っこ紐に万吉を入れたおようが言った。

　お座りはどうにかできるようになったが、まだ危なっかしいからこれがいちばんんだ。

「どこでもよろしゅうございますか？」

春宵が問うた。

「はい。お座敷でも一枚板のお席でも」

若おかみは身ぶりを添えて答えた。

ほどなく、醤油が焦げるいい香りが漂ってきた。

千吉が鍋を振る。

小気味いい手の動きだ。

「そろそろいいよ」

二代目の声が響いた。

「なら、のれんを出すわね」

おちよが答えた。

「今日も気張っていきましょう」

おけいが帯をぽんと手でたたいた。

「はいっ」

江美と戸美、双子の姉妹の声がそろう。

のれんが出るや、客は次々に入ってきた。

「まずは春宵さんから」

おちよが真っ先に膳を運んだ。

「ありがたく存じます」

もと人情本作者が軽く両手を合わせた。

普請場から抜けて食べに来ている者などは、急いで焼き飯をかきこんでいたが、春宵は違った。ほぐした干物や海老、それに蒲鉾《かまぼこ》や葱などがふんだんに入った焼き飯を、わけありの泊まり客は、じっくりとかみしめるように味わっていた。

「見慣れねえ顔だな。泊まり客かい」

常連の左官衆の一人が声をかけた。

「はい、長逗留で」

春宵は手を止めて答えた。

「ここは朝餉も中食もうめえだろう」

「二幕目の肴もいいがよ」

「そのうちまた呑みにこようぜ」

左官衆がさえずる。

「いいお見世に当たって良かったです」

身投げも考えていた男はしみじみと言った。

たっぷりの焼き飯にけんちん汁。それに煮物の鉢がついた中食の膳は滞りなく売り切れた。

二幕目に入ると、若おかみのおようが万吉をおちよに託し、本所のつまみかんざしづくりの仕事場に向かった。いきさつを伝えたところ、急ぎの仕事があるから親方までは来られないが、母のおせいが来ることになった。儀助もついてきたそうだったが、このたびはもと人情本作者と取りこんだ話になるかもしれないということで、おせいだけがおようとともに戻ってきた。

こうして、段取りが進んだ。

六

「手のこんだものから、あっさりしたものまで、いろいろつくっているんですよ」

おせいがそう言って、風呂敷包みを解いた。

蝶に蜻蛉《とんぼ》、桜に藤に牡丹《ぼたん》に菊。さまざまなつまみかんざしが現れた。

「前はもっと大きなものを挿《さ》してたんですけど」

おようがそう言って、髷に手をやった。

今日のつまみかんざしは雀《すずめ》をかたどった愛らしいものだ。

「でも、まだ若いから似合うわよ」

おちよが言った。

「このあたりだったら、お年を召した方でも充分にお使いいただけますので」

菊のつまみかんざしを手に取って、おせいが如才なく言った。

「これはどのようにしてつくるのでしょう」

いくつか手に取って検分してから、春宵が問うた。

「材料と道具も持ってきました」

おせいは大きめの巾着《きんちゃく》の紐をゆるめた。

「手回しがいいわね、おっかさん」

おようが笑みを浮かべる。

「そりゃ、職人さんが増えるのはありがたいから」

おせいはそう言って、四角く切った羽二重《はぶたえ》を取り出した。

光沢のある絹の織り物で、とりどりの色がついている。

「これだけでも美しいですね」

春宵が瞬きをした。

「ええ。これをこの道具でつまんでいくんです」

おせいは細長い道具を示した。

巧みに曲げた金物で、力を加えると先のほうが動く。

「なるほど、一つ一つ、ていねいにつまんでいくわけですね」

おせいの実演を見ながら、春宵が言った。

「言葉を一つずつ紡《つむ》いでいくのと同じですね」

もと人情本作者に向かって、おちよが言った。

「お話は何もないところからつくっていかなきゃなりませんけど、つまみかんざしは目に見える羽二重をつまんでいくわけですから」

手を動かしながら、おせいが言った。

「つまみ方が二つあるんでしたよね」

厨から出てきた千吉が言った。

「そうです。花びらが丸くなるのが丸つまみ、とがったのが角つまみ。丸つまみのほうがやらわかい感じになります」

おせいはそう説明して実演を続けた。

「なるほど。やまとことばと漢語のようなものですね」

春宵はそんなたとえをした。

「さすがは人情本の作者ですね」

おちよが笑みを浮かべる。

「いえ、もう筆を折りましたから」

春宵はいくらかあいまいな表情で答えた。

「『本所深川早指南』のほうはいかがです？」

千吉が訊いた。

「ああ、それでしたら。そのうち、改めて灯屋さんに顔を出してみようかと」

春宵は乗り気で答えた。

「だったら、わたしの『料理春秋』と同じ版元ですね」

と、千吉。

「『わたしの』って、書くのは目出鯛三先生なんだから」

おちよが言った。

「でも、元になる紙を気張って書いたから」

千吉が胸を張った。

おせいの実演はさらに続いた。

勁《つよ》い糸を用いてびらびらした飾りを取りつけ、髪に挿せるようにする。その鮮《あざ》やかな手の動きを、春宵は食い入るように見つめていた。

「いかがです？　修業してみますか？」

菊のつまみかんざしができたところで、おせいがたずねた。

「同じ川向こうですし、修業させていただければ」

春宵は引き締まった表情で答えた。

それを聞いて、のどか屋の面々の顔に安堵《あんど》の笑みが浮かんだ。

第六章　鍋焼きうどんと小倉煮《おぐらに》

一

翌日――。

春宵はまた朝餉の場に顔を出した。

「あまり早いとご迷惑でしょうから、いったん深川の住まいに戻って、手土産を買ってからつまみかんざしの仕事場へうかがいます」

春宵はさっぱりした顔つきで言った。

「いくらか分かりにくいところにあるんですけど」

おようが少し申し訳なさそうに言った。

「昨日、おせいさんからうかがいましたし、分からなかったら人に訊きますので」

春宵はそう答えると、薬味《やくみ》をかけた豆腐飯を口に運んだ。

「いよいよ今日から修業ですかい」

相席になった初次郎が声をかけた。

「初日から修業になるかどうかは分かりませんが、心づもりだけはしていきます」

春宵は笑みを浮かべた。

「すっかりいい顔色になられましたね」

おちよが言う。

「風邪でも引いてたのかい」

「養生しな」

小耳にはさんだほかの客が言った。

「はい」

春宵は素直にうなずいた。

身ではなく心の風邪だが、具合が悪かったことには違いがない。

「何かを始めるのに遅すぎることはねえんで」

初次郎が言った。

「いちばんのお手本がここにおられますから」

時吉が大工のほうを手で示した。

「普請のほうはいかがです？」

千吉が手を動かしながら問うた。

「もうだいぶ進んで、あとは左官と畳を入ればおおかた終わりで」

初次郎は答えた。

「最初で最後の親方仕事はうまくいきましたね」

平治が笑みを浮かべた。

「終いまで気を抜くな」

親方の顔で初次郎は言った。

「へい」

若い大工が答えた。

「わたしも負けずに気張りますよ、いまから」

春宵はそう言って、残りの豆腐飯を胃の腑に落とした。

「気張ってくださいまし」

おようが笑顔で言った。

二

春宵を送り出して、ひと息ついた。

泊まり客に身投げでもされたら、後生《ごしょう》が悪いどころの騒ぎではない。おちよはほっと胸をなでおろした。

その日の中食は鍋焼きうどんの膳だった。

千吉が気を入れて打ったうどんはこしがあり、いたって評判がよかった。冬場はあたたかい鍋焼きうどんがありがたい。海老天や蒲鉾や椎茸や葱。具だくさんで彩りも豊かなひと品だ。

これに茶飯とお浸しの小鉢がつく。いつもながらの見て良し食べて良しの膳だ。

「味噌仕立てのつゆがまたうめえな」

「うどんの茹でかげんがちょうどいい塩梅だ」

「海老もぷりぷりしててよう」

客はみな上機嫌だった。

好評のうちに四十食が売り切れ、中休みを経て二幕目に入った。

久々に黒四組の面々が姿を現した。

「まあ、今日はおそろいで」

おちよが出迎えた。

かしらの安東満三郎、万年平之助同心に加えて、韋駄天《いだてん》侍の井達天之助《いだてあまのすけ》と日の本の用心棒の室口源左衛門《むろぐちげんざえもん》もいる。

「瓢箪《ひょうたん》から駒が出やがってな」

あんみつ隠密が渋く笑った。

「と言いますと？」

おちよが訊く。

「寄席だの床見世だのの取り締まりに駆り出されそうだったから、いもしねえ盗賊の捕り物で忙しいから動けねえことにしておいた。民をむやみに締め上げるのは気が進まねえからな」

黒四組のかしらはやや迂遠な答えをした。

「そうしたら、ひょんなことから盗賊の動きが網に掛かってな」

万年同心が魚を釣るようなしぐさをした。

「あれよあれよというちに捕り物になり、ゆうべ召し捕ってきたっていうわけよ」

安東満三郎は満足げに言った。

「久々の立ち回りで、今日は少々肩が痛い」

室口源左衛門が肩に手をやった。

「それはお手柄《てがら》でございました」

おちよが笑みを浮かべた。

「韋駄天が尾張《おわり》からつないでくれたおかげだ」

あんみつ隠密は手下を立てた。

「早飛脚並みに走りましたよ」

井達天之助がよく張った太腿を手でたたいた。

「尾張のほうの悪者だったんですか」

酒を運んできた千吉が問うた。

およは座敷で万吉を遊ばせている。三代目は曲がりなりにも座って、両手を機嫌よく動かしながら何か言っていた。その動きを、老猫のゆきが青い目でふしぎそうにながめている。

「そのとおり。押し込む見世まで決めてたようだが、江戸はそう甘くねえぜ」

黒四組のかしらがにやりと笑った。

「町方《まちかた》と火付盗賊《ひつけとうぞく》改方《あらためかた》に素早くつないで、あっという間にお縄に」

万年同心が身ぶりをまじえた。

「さすがは平ちゃん」

千吉が白い歯を見せる。

「今日は打ち上げだから、うめえもんをどんどん持ってきてくんな」

あんみつ隠密が言った。

「承知で」

千吉は力こぶをつくった。

その日は江戸前のいい牡蠣が入っていた。

まずは牡蠣鍋だ。大根を合わせるとことのほかうまい。

天麩羅も美味だ。千吉はねじり鉢巻きで手を動かしていた。

「甘いのはこちらで」

あんみつ隠密に出したのは、一人用の湯豆腐鍋だった。

付け味噌はこの上なく甘く仕上げてある。ほかの客なら「なんじゃこれは」と思うところだが、あんみつ隠密なら大丈夫だ。

「うん、甘《あめ》え」

案の定、安東満三郎は満足げに言った。

お上《かみ》の締め付けの話題が出たので、おちよが春宵の話を伝えた。身投げを考えたところなどは端折《はしょ》り、幸いにもつまみかんざしづくりと早指南物の執筆で立ち直れそうだとうまくまとめておいた。

「天保の改革とやらで、あきない替えやら何やら、いやおうなく人生をやり直すことになる者がたくさん出るだろう。傍《はた》迷惑な話だぜ」

黒四組のかしらが少し顔をしかめた。

「急に海が荒れてきたようなものですからね」

と、おちよ。

「荒波のせいで船がたくさんひっくり返っただろうが、おぼれずにいられたらいくらでもやり直せるからよ」

あんみつ隠密が答えた。

「人生は人それぞれですから」

おちよがしみじみと言った。

それから話題が移ろい、黒四組とも面識のある初次郎の最初で最後の棟梁仕事の話になった。

「そうかい。隠居所の普請がそろそろ終わるのかい」

安東満三郎が言った。

「ええ。あとは壁塗りや畳入れなどで」

おちよが答えた。

「四十過ぎから修業を始めても、ひとかどの腕にはなれるんですね」

井達天之助が感心の面持ちで言った。

「何事も気合と根気で」

室口源左衛門がうなずく。

「そのうち長吉屋にも行かねえとな」

万年同心がそう言って、猪口の酒を呑み干した。

「行ってやってくださいまし。おとっつぁんも喜びますので」

おちよが笑みを浮かべた。

「で、棟梁仕事を終えたあとはどうするんだい」

あんみつ隠密がたずねた。

「何か屋台でもという話をしていたんです。うちで修業していただければ、何でも出せるでしょうから」

おちよが答えた。

「屋台はもちろん手づくりで」

千吉が身ぶりをまじえた。

「なるほど、そりゃお手の物だろう」

黒四組のかしらが笑う。

「というわけで、まだ当分お泊まりが続きそうです」

おちよも笑みを浮かべた。

三

長吉の隠居所は、ほぼできあがった。

「あとは畳を入れたら終《しま》いで」

初次郎がほっとしたように言った。

「立派な棟梁仕事だったよ。ありがてえことで」

長吉屋の厨の隅の空き樽に腰を下ろした古参の料理人が頭を下げた。

「これで住んでみて雨漏りでもされたら困りますが」

と、初次郎。

「しっかりつくったので大丈夫でしょう」

片腕をつとめた平治が笑みを浮かべた。

「なら、畳が入ったら御役御免だね」

隠居の季川がそう言って、初次郎に酒をついだ。

今日はのどか屋ではなく、長吉屋のほうだ。

「せがれの跡を継いで大工になって良かったですよ」

最初で最後の棟梁仕事を終えた初次郎は、そう言って猪口の酒を呑み干した。

「これからは楽隠居で？」

同じ一枚板の席に陣取っていた鶴屋《つるや》の与兵衛《よへえ》が訊いた。

上野黒門町《うえのくろもんちょう》の薬種問屋《やくしゅどんや》の隠居で、あきないはせがれに任せ、隠居所を兼ねた紅葉屋《もみじや》という見世の後ろ盾になったりして好きな道を歩んでいる。紅葉屋の女あるじのお登勢《とせ》はかつて時吉とともに江戸の料理人の腕くらべに出た間柄で、千吉がまだ十五の頃に紅葉屋の花板《はないた》をつとめて修業をしたこともあった。

「いやいや、そんな貯えはないもんで」

初次郎は苦笑いを浮かべた。

「前から何か屋台をという話をしていたんです」

厨で手を動かしながら、時吉が言った。

今日の助手は千吉の弟弟子の寅吉《とらきち》だ。若死にした兄の跡を継いで潮来《いたこ》から出てきたときはわらべに毛が生《は》えたような感じだったが、すっかりひとかどの料理人の面構えになってきた。

「ならば、こういう煮物はどうだい」

隠居が厚揚《あつあ》げを箸でつまんだ。

「そうそう。おでんの屋台もいいですな」

与兵衛が和す。

「大根に蒟蒻に煮玉子、練《ね》り物もいろいろあらあな。いいじゃねえか、おでんの屋台」

長吉が水を向けた。

「寒い時分はいいかもしれませんが、夏はあきないにならねえかも」

初次郎は首をかしげた。

「夏と冬であきなうものを替えるという手があります。夏は鰻《うなぎ》の蒲焼きとか」

時吉が知恵を出した。

「そりゃまた一から修業しねえと」

と、初次郎。

「鰻をさばくのは年季が要るからね」

隠居がそう言って、味のしみた厚揚げを胃の腑に落とした。

「それなら、ほかの屋台で、蕎麦などはどうだい」

与兵衛が訊いた。

「うーん、蕎麦の屋台はほうぼうにあるので」

初次郎はいま一つ気乗り薄だった。

「寿司はどうだい。寿司飯の塩梅を覚えれば、あとはいいたねを仕入れればできる」

長吉が言った。

「そうですねえ」

初次郎は腕組みをした。

「では、これからおつくりするものも案のうちということで」

時吉がそう言って手を動かしだした。

「なるほど、その手もあるな」

長吉が弟子の動きを見てにやりと笑った。

「それなら夏もどうにかいけるでしょう」

と、与兵衛。

「おでんよりはいいかも」

平治が言った。

ややあって、時吉が初めの品を仕上げた。

「お待ちで」

時吉が下から差し出した皿に載っていたのは、大ぶりのかき揚げだった。

金時人参の赤みが目に鮮やかだ。

もとは京野菜だが、砂村《すなむら》の義助《ぎすけ》が苦心して育てている。江戸ではのどか屋と長吉屋、それに力屋と紅葉屋くらいしか出ない。

「ああ、これは人参に甘みがあってうまい」

初次郎は食すなり言った。

「ほんと、おいしいです」

平治もうなる。

「これだけでも屋台は大繁盛だ」

長吉の目尻にいくつもしわが浮かんだ。

「人参はうちの分を回せると思いますので」

時吉が言った。

「ほかに、甘藷《かんしょ》や海老やはんぺんなどもうまいね」

与兵衛が言う。

「大根おろしを添えれば、胃にももたれないから」

隠居が笑みを浮かべた。

「なら……迷っていても仕方がないので、天麩羅でいきましょうか」

初次郎は両手を打ち合わせた。

「承知しました。では、畳が入って手が離れたあと、うちの厨でお教えしますので」

時吉が言った。

「どうぞよしなに」

初次郎は頭を下げた。

「段取りがまた一つ進んだね」

隠居の白い眉がやんわりと下がった。

四

二日後――。

のどか屋の二幕目、おせいが儀助をつれてやってきた。

「つまみかんざしの届け物があってね」

おせいが娘のおように言った。

「ご苦労さま。春宵さんはどう？」

おようが気づかって問う。

「さっそく修業を始めてるわよ。器用なたちで筋がいいって、うちの人もほめてたから」

おせいが笑みを浮かべた。

「そう。なら、安心」

おようが胸に手をやった。

「今日は一緒じゃないんですか？」

おちよが問うた。

「灯屋さんに寄ってから見えるそうです。『本所深川早指南』も引き受けるって張り切ってましたよ、春宵さん」

おせいが伝えた。

「その調子だったら、もう大丈夫ね」

おちよがほっとしたように言った。

「儀助ちゃん。今日は餡巻きができるよ」

厨から千吉が告げた。

「ほんと？」

儀助の瞳が輝いた。

「ほんとだよ。相州《そうしゅう》からきた子連れのお客さんがお泊まりでね。わらべ向きの餡巻きを出そうと思って小豆《あずき》を仕込んでおいたんだ」

千吉が答えた。

「わあい」

儀助が両手を挙げた。

寺子屋に通うかたわら、つまみかんざしづくりの修業も始めているが、まだまだわらべだ。

「なら、さっそくつくるよ」

千吉が言った。

「うんっ」

儀助が大きくうなずいた。

ほどなく、餡の甘い香りが漂ってきた。

千吉が慣れた手つきで金物《かなもの》のへらのようなものを動かす。二枚のへらを巧みに組み合わせて、餡巻きをつくっていく。

「はい、お待たせ」

作り手が自ら運んできた。

「わあ、ありがとう」

儀助は皿を受け取るなり、さっそく餡巻きに手を伸ばした。

「熱いから気をつけて」

座敷で万吉を遊ばせていたおようが声をかけた。

まだ這い這いはできないが、赤子なりに手を動かしている。その様子を、二代目のどかが何がなしに警戒のまなざしで見つめていた。

「うん……ああ、おいしい」

久々に好物を口にした儀助は満面に笑みを浮かべた。

「気を入れてつくったから」

千吉も笑みを返した。

五

それからほどなくして、浅草見物を終えた相州の客が戻ってきた。

そちらのわらべにも千吉は餡巻きを出した。儀助は人見知りをしないたちだから話が弾み、のどか屋に和気が満ちた。

春宵と入れ違いになるかもしれないが、夕餉の支度もあるからとおせいが腰を上げた。

「ついてきて良かった。餡巻きを食べられたから」

儀助が満足げに言った。

「次はできるとはかぎらないよ」

千吉が言った。

「うん。ほかの料理を食べるから」

儀助は上機嫌で答えた。

おせいと儀助が出てほどなくして、初次郎と平治が戻ってきた。

「畳が入りましたよ」

初次郎が告げた。

「すると、もう隠居所は出来上がりで？」

おちよがたずねた。

「なんとかできました」

初次郎が笑みを浮かべた。

「明日は長吉屋さんで祝いを。おいらはそこで御役御免で品川へ戻ります」

平治が言った。

「初次郎さんはあきない替えで、屋台の修業ですね」

おちよが言った。

「そのとおりで。もうひと気張りしますんで」

最初で最後の棟梁仕事を終えた男は気の入った声で答えた。

「天麩羅はわたしも得意なので、いくらでもお教えしますよ」

千吉が厨から言った。

「どうかよろしゅうに、師匠」

初次郎が軽く頭を下げた。

「こちらこそ、よろしゅうに」

千吉が白い歯を見せた。

「なら、ちょいと湯屋へ行きましょう」

平治が手つきをまじえて言った。

「そうだな。大きなつとめを終えたあとの湯屋は気持ちいいぞ」

初次郎が言った。

これから二人で岩本町の湯屋へ向かうつもりだ。

「そのあとは、『小菊』でうまい寿司をつまみましょう」

平治が水を向けた。

「おう、酒もな」

初次郎は笑って答えた。

「では、ごゆっくり」

おちよが笑顔で送り出した。

六

二人の大工が出てほどなく、春宵がのれんをくぐってきた。

一人ではなかった。灯屋のあるじの幸右衛門も一緒だ。

「蛸《たこ》の小倉煮《おぐらに》ができておりますが、いかがでしょう」

千吉がここぞとばかりに言った。

「ほう、小倉煮ですか。いいですね」

春宵がまず答えた。

初めてのどか屋へ来たときとは打って変わった顔つきだ。

「ぜひともいただきましょう」

幸右衛門も乗り気で言った。

「承知しました」

おちよが笑顔で答えた。

「いまお出ししますので」

厨から千吉のいい声が響いた。

ほどなく、蛸の小倉煮が出た。

蛸がやわらかく仕上がるように、大根で根気よくたたいてやるのが骨法だ。手間はかかるが、格段にうまくなる。

小豆を使った料理には、京の小倉山にちなむ名がつく。小倉百人一首の小倉だ。

「これはやわらかくておいしいですねえ」

灯屋のあるじが声を発した。

「小豆もぷっくりしています」

春宵も笑みを浮かべる。

「小豆のほうもじっくり仕込みをしていますので」

千吉が胸を張った。

小豆を炊くとき、火が通った頃合いにいったん茹で汁を捨て、また水を張って煮ていく。茹でこぼしという調理法で、こうすることによってあくが抜けるし、冷たい水で締めることによって小豆がよりぷっくりと仕上がる。

「料理も書物も手間をかけませんとね」

幸右衛門が春宵に言った。

「さようですね。深川は長年住んでおりますし、本所もこれからつまみかんざしの仕事場へ通うことになりますから」

春宵はそう答えると、また蛸の小倉煮を口中に投じた。

「では、のどか屋さんにご尽力いただいた『料理春秋』を出したあと、できれば秋ごろにお原稿を頂戴できればと」

灯屋のあるじが段取りを進めた。

「承知しました。深川の見世などはすぐにでも下書きができますので」

春宵は引き締まった表情で答えた。

「『料理春秋』とどちらが売れるか競いましょう」

千吉が明るく言った。

第七章　隠居所と屋台

一

「なんだか偉《えれ》え物書きの隠居所みてえで、おれには過ぎたつくりだな」

長吉が笑みを浮かべた。

翌日の長吉屋――。

隠居所ができた祝いがこれから始まるところだ。

構えた宴ではないから、名前のついた部屋ではなく、いつもの一枚板の席だ。長吉は例によって空き樽の上に腰かけている。

「粗《あら》が見つかったらどうしようかと思ってたんですが、上々の仕上がりだったんでほっとひと息ですよ」

そう言ったのは、くじら組の棟梁の卯之吉だった。

知らせを聞いて、わざわざ品川から来てくれた。今日はのどか屋に泊まり、若い大工の平治とともに帰るという段取りだ。

「こっちもほっとしました」

初次郎が胸に手をやった。

おのれではいい出来だと思っていたのだが、棟梁の目は違う。「上々の仕上がり」というお墨付きが出て安堵したところだ。

「明日からは厨の修業かい」

長吉が問うた。

「へい、天麩羅の屋台を出すための修業で」

初次郎が答えた。

「天麩羅は音で揚がり具合を教えてくれますので、慣れればそう難しくはないですから」

厨で手を動かしながら、時吉が言った。

「屋台はどこへ出すんだい？」

たまたま顔を出した隠居の季川がたずねた。

「元締めさんが、屋台を置ける長屋を手配してくれるっていう話で」

と、初次郎。

「ああ、信兵衛さんに任せておけば安心だね」

隠居はそう答えると、鯛の刺身に箸を伸ばした。

隠居所ができた祝いだから、「めで鯛」づくしだ。そろそろ天麩羅も揚がる。

「で、隠居所ができたからには、この先は楽隠居ですかい」

くじら組の棟梁が長吉にたずねた。

「ずっと隠居所にこもってたら老《ふ》けますんで」

古参の料理人は猪口の酒を呑み干してから続けた。

「日の本じゅうに散らばった弟子たちのもとをたずねる旅に出ていたんですが、関八《かんはっ》州《しゅう》にまだ寄りたいところがありましてな。まだ体が動くうちに、機を見て出かけようかと思ってるんですよ」

「若いねえ、長さん」

隠居が笑みを浮かべた。

「ご隠居に言われたかないです」

長吉がそう言ったからおのずと和気が漂った。

天麩羅が続けざまに揚がった。

鯛は切り身ばかりでなく、白子《しらこ》も天麩羅にした。ほかに、早春の恵みの若竹《わかたけ》や白魚《しらうお》も揚がる。

「鯛の天麩羅ってうまいんですねえ」

平治が声をあげた。

「白子もうめえ。外だけかりっとしてて、中はふわふわでとろっとしてる」

初次郎も和す。

「抹茶塩《まっちゃじお》がまた合うね」

隠居がうなずいた。

「屋台で出す天麩羅とはまた違いますが」

時吉が初次郎に言った。

「こりゃちょいと上品すぎるから」

初次郎が笑みを浮かべる。

「あきなうものは何でも、『どうぞお召し上がりください』と心をこめてお出しすることにかけては同じだからね」

長吉は身ぶりをまじえて言った。

「肝《きも》に銘《めい》じてやりまさ」

初次郎は引き締まった表情で言った。

二

翌日から、のどか屋で初次郎の修業が始まった。

その日の中食は親子がかりだったから、かき揚げ丼を出した。刺身と小鉢とけんちん汁がついた、いつもながらの食べでのある膳だ。

「はい、お待たせしました」

客のもとへ膳が運ばれていった。

「おっ、見慣れねえ顔だな」

「旅籠の客かい？」

常連の植木の職人衆が問うた。

「いえ、今日から厨の修業に入ったんで」

初次郎が答えた。

「修業って、もうだいぶ歳《とし》じゃねえか」

「いまから料理人になるのかよ」

職人衆がいぶかしげに言った。

「いや、天麩羅の屋台だけで」

初次郎がすぐさま告げる。

「ああ、屋台か」

「のどか屋は天麩羅もうめえからよ」

「気張ってやりな」

客はそう言って励ました。

中食の四十食は滞りなく売り切れたが、天麩羅のたねはまだ残っていた。初次郎の修業用に取っておいたのだ。できたものは賄《まかな》いにもなる。

「音が小さくなって、『うまいぞ、うまいぞ』とささやくようになったら火が通ってますので」

千吉がそう教えた。

「うまいぞ、うまいぞ、と」

初次郎が復唱する。

「そろそろです」

時吉が言った。

天麩羅の音が変わった。

「よし」

初次郎の菜箸《さいばし》が動いた。

かき揚げをつかみ、しゃっと油を切ってから丼に載せ、秘伝のたれをたっぷりかける。

「へい、お待ちで」

修業を始めた男は、いくらか小ぶりのかき揚げ丼をまずおちよに渡した。

「じゃあ、いただきます」

おちよが舌だめしにかかった。

「……うーん、おいしいけど」

いくらか気になるところがあるようで、首をひねる。

「油切りが甘かったように見えた」

千吉が言った。

「そう。ちょっと油が残ってる」

と、おちよ。

「しゃっしゃっ、と二回は切らないと」

時吉は手つきで示した。

「承知しました。次からは気をつけます」

初次郎は殊勝《しゅしょう》に答えた。

それから、おけいと双子の姉妹の分もつくった。

「あ、これはしゃきっとしておいしい」

おけいが笑みを浮かべた。

「ほんと、かき揚げがさくっとしてます」

「人参がおいしい」

江美と戸美も笑顔だ。

「こうやって一つずつ憶《おぼ》えていけば、半月くらいでいけるでしょう」

時吉が太鼓判を捺《お》した。

「どうかよしなにお願いします」

初次郎は深々と頭を下げた。

三

二幕目に入ると、岩本町の御神酒徳利と元締めの信兵衛が来た。

「屋台も置ける長屋なら、岩本町の近くに心当たりがありますよ」

元締めが言った。

「おっ、そりゃ好都合で」

さっそく湯屋のあるじが言った。

「いっそのこと、湯屋の前に屋台を出したらどうですかい」

野菜の棒手振りが水を向けた。

「そりゃ『小菊』があるからよ」

と、寅次。

「あ、それもそうか」

富八が髷に手をやった。

「湯屋からはいくらか離れてますが、屋台を出すにはちょうど良さそうなところで」

信兵衛が言った。

「なら、一緒に下見に行きますか」

寅次が水を向けた。

「湯屋のお客さんを連れて行かなくていいんですかい?」

富八が問う。

「帰りに初次郎さんに寄ってもらえれば」

湯屋のあるじが笑みを浮かべた。

「湯屋なら望むところで」

初次郎も言う。

こうして段取りが整い、長屋の検分が行われた。

後で話を聞いたところ、首尾は上々だったようだ。

長屋の裏手に屋台を置けるところがあった。井戸も厨も使い勝手が良さそうだ。

初次郎が気に入ったから、信兵衛が事を進め、修業が終わり次第、入れるように膳立てを整えた。

肝心の屋台は、人から借りるという手もあったが、せっかくだから初次郎がおのれの手でつくることになった。

家移りする長屋まで行ってつくるのは面倒だし、音が響いて住んでいる者の迷惑にもなる。

そこで、のどか屋の横手でこしらえることになった。のどか地蔵の前ならどうにかつくれる。

「修業と普請の二股で大変ですね」

おちよが労をねぎらった。

「なに、張り合いがあっていいですよ」

初次郎は白い歯を見せた。

「気張ってやってくださいまし」

のどか屋のおかみは笑みを返した。

四

その後も修業は続いた。

下ごしらえも天麩羅の修業のうちだ。海老の背わた取りや、甘藷のあく抜きなどを、初次郎は一つずつ会得《えとく》していった。

二幕目に修業が一段落すると、初次郎は屋台づくりに取りかかった。のどか地蔵の前で、鋸《のこ》を引く音が小気味よく響いた。

「危ねえから下がってな」

初次郎は猫たちに声をかけた。

屋台づくりが物珍しいらしく、のどか屋ばかりでなく近所の猫まで寄ってきてふしぎそうに見ている。

そんなおり、のどか屋に一組の夫婦が包みを提《さ》げて現れた。

「まあ、おしんちゃん」

顔を見るなり、おちよが声をあげた。

「ご無沙汰しておりました。これは手土産で」

おしんが包みを渡した。

「こちらこそご無沙汰で。お気遣いをいただいて」

おちよが受け取って頭を下げる。

「おとっつぁんから文が来たので、今日は親方に断ってうちの人と一緒に来てみたんです」

おしんは手で示した。

「世話になってます。版木彫りの利三で」

髷をいなせに結《ゆ》った男が名乗った。

図らずも父の跡を継ぐかたちで版木彫りになったおしんの兄弟子で、親身になって教えているうちに縁が生まれたらしい。

「まあ、男前の旦那さまで」

おちよがおしんに言った。

「いえいえ」

かつてはのどか屋を手伝っていた女が首を軽く横に振った。

ちょうどおようが万吉とともに入ってきたから、千吉とともに紹介した。今日はゆっくりできるらしいから、座敷に案内したところで初次郎が戻ってきた。

「おっ、何でえ、来たのかい」

初次郎は驚いたように言った。

「今日は親方から休みをいただいて」

と、おしん。

「うめえもんを食いにきました」

利三が笑みを浮かべた。

「なら、あとで何かつくってみては？」

おちよが初次郎に水を向けた。

「そうですな。まあ、屋台もおおかた組み上がったし、まずは一杯」

初次郎は猪口を傾けるしぐさをした。

「前座がつないでおきますので」

厨から千吉が言った。

「若えけど料理の師匠なんで」

初次郎が立てる。

「どうかよしなに」

おしんが声をかけた。

「こちらこそ。……どんどん出しますんで」

手を動かしながら、千吉は言った。

版木彫りのつとめなどについて話が弾みだした頃合いに、酒の肴が運ばれてきた。

まずは浅蜊の酒蒸《さかむ》しだ。

浅蜊は下ごしらえに手間がかかる。たっぷりの薄い塩水に浸けて砂を吐かせるところから始めなければならないからだ。

二刻《ふたとき》（約四時間）ほど浸けて砂を吐かせたら、すぐ調理するのではなく水を切ってからさらに一刻（約二時間）ほど置く。このほうが味が良くなる。殻が開いた死んだ浅蜊を取り除いておくことも大事だ。こうしておけば風味豊かな仕上がりになる。

「ああ、こりゃうめえ」

利三が食すなり言った。

「料理屋の味だな」

初次郎が笑みを浮かべる。

「ほんと、おいしい」

おしんも和す。

「はい、お次です」

千吉が自ら盆を運んできた。

次は浅蜊の鉄砲和《てっぽうあ》えだった。さっと茹でて塩を振った分葱《わけぎ》と浅蜊を辛子《からし》酢味噌で和えたひと品だ。

「これも酒がすすむな」

と、初次郎。

「まま、一杯、お義父《とう》さん」

利三が次の酒をついだ。

「おお、ありがとよ。おしんを頼むな」

父の顔で、初次郎が言った。

「へい」

利三は引き締まった表情で答えた。

次に出たのは、鱚《きす》の揚げ煮だった。

えらと一緒にわたを取り、薄い塩水でよく洗ってから粉をはたいて揚げる。いくたびも返しながら狐色になるまで揚げたら、だし汁で煮る。輪切りにした赤唐辛子《あかとうがらし》を加えて煮ると、ことに風味豊かな仕上がりになる。

「うん、こりゃあ骨までやわらかいな」

初次郎が満足げに言った。

「うわさどおりのうまさで」

利三が笑みを浮かべた。

「なら、次はかき揚げなので」

千吉が言った。

「出番よ、おとっつぁん」

おしんが言う。

「おう、修業だ」

初次郎がそう言って立ち上がった。

五

手間をかけて砂抜きをした浅蜊の残りは、むき身にしてかき揚げの具に使った。合わせるのは三つ葉《みつば》だ。浅蜊の水気を切って三つ葉と合わせ、粉を振って天麩羅の衣をまぜてから揚げる。

「天麩羅の音が変わって浮いてくれれば、引き上げて油を切れば出来上がりです」

千吉が教えた。

「承知で」

初次郎は気の入った返事をした。

ややあって、もと大工の手が動いた。

菜箸でかき揚げをつかみ、しゃっしゃっと二度油を切る。

その手の動きを、娘のおしんはじっと見守っていた。

「よし」

初次郎は声を発した。

「抹茶塩を添えますので」

千吉が言った。

ほどなく、浅蜊と三つ葉のかき揚げが供された。

「こりゃあ、飯が恋しくなりますね」

利三が言った。

「お持ちいたしましょうか」

しばらく万吉をあやしていたおようが水を向けた。

「まだ甘藷や海老の天麩羅が出ますけど」

千吉が厨から言う。

「なら、胃の腑を空《あ》けとかねえと」

利三は帯に手をやった。

「深い味わいで」

かき揚げを賞味《しょうみ》したおしんが言った。

「屋台だと手間がかかりすぎるんで、このかき揚げは無理ですが」

千吉が言った。

「野菜のかき揚げでしたら、お出しできるでしょう」

おちよが言う。

「金時人参と甘藷を入れたら、甘くてほくほくですよ」

おようが和した。

「聞いてるだけで食いたくなってきたな」

利三がおように言った。

「なら、それもいまから」

千吉がすぐさま答えた。

「屋台で出すつもりで」

と、初次郎。

「だったら、大根おろしも添えないと」

おちよが動いた。

「あ、おいらがやるんで」

初次郎が右手を挙げた。

「それも修業のうちだからね、おとっつぁん」

おしんが笑みを浮かべた。

「おう。前にもやったから」

初次郎はそう言うと、大根をおろしはじめた。

屋台の天麩羅には丼一杯の大根おろしを添える。客はおのれの好みで添えて食す。そうすればさっぱりといくらでも胃の腑に入る。

千吉は野菜のかき揚げの下ごしらえを済ませた。

揚げるのはもちろん初次郎のつとめだ。場数を踏めば踏むほど腕は上がっていく。

細切りにした金時人参と甘藷に葱を合わせ、粉をはたいて衣でまとめる。あとはじっくり火を通すだけだ。

「これはかき揚げ丼にもできますが」

千吉が言った。

「たれがたっぷりかかったやつで」

手を動かしながら、初次郎が言った。

「そりゃ食わなきゃ」

利三が乗り気で言った。

「わたしもご飯少なめで」

おしんも手を挙げた。

ややあって、支度が整った。

ほくほくのかき揚げ丼に、残った浅蜊を使った汁もつけた。

「ああ、おいしい」

おしんが満足げに言った。

「このかき揚げなら、屋台で飛ぶように売れまさ」

舌だめしをした利三が太鼓判を捺した。

千吉も厨で舌だめしをした。

「どうですかい、師匠」

初次郎が問う。

千吉はしばし味わってから答えた。

「これは間違いなくいけますよ」

千吉は笑顔で答えた。

「ありがてえ」

初次郎が両手を合わせる。

「屋台が出たら、そのうち食べに行くから」

おしんが言った。

「親方にも伝えときます」

利三が和す。

「ああ、気張ってやるから」

初次郎が笑顔で言った。

第八章　阿蘭陀《おらんだ》煮と黄金《こがね》揚げ

一

初次郎の屋台は、滞りなく船出をした。

もと大工は家移りをした岩本町の長屋の衆とすぐ打ち解け、おのれの手でつくった屋台をかついで天麩羅をあきなうようになった。

岩本町の湯屋のあるじは、客に声をかけて宣伝につとめてくれた。寅次と御神酒徳利と呼ばれている野菜の棒手振りの富八は、人参や葱や甘藷などを安くおろしてくれたからずいぶんと助かった。

「あの調子なら大丈夫だね」

様子を見てきた元締めの信兵衛が言った。

のどか屋は二幕目に入っていた。

今日の中食の厨は千吉だけだから、飯はすぐ出せる蛤の炊き込みご飯にした。これにあぶった鱚の風干《かざぼ》しと野菜の煮物に豆腐汁がつく。どこも奇《き》をてらったところのないまっすぐな膳は、またしても好評のうちに売り切れた。

「天麩羅はどうでした？」

千吉がたずねた。

「甘藷の串を食べてみたけど、ちゃんと火が通ってほくほくだったよ」

信兵衛は笑みを浮かべた。

ややあって、岩本町の御神酒徳利がつれだって入ってきた。

「初次郎さんのうわさをしていたところなんですよ」

おちよが笑みを浮かべた。

「そうかい。風呂上がりに寄るお客さんがずいぶんいるって喜んでたよ」

寅次が答えた。

「長屋の衆も話を聞いて助けてくれてるみてえで」

富八も和す。

「それは何よりです」

おちよのほおにえくぼが浮かんだ。

「天麩羅の腕はのどか屋仕込みで間違いがないからね。これからも名物屋台になるだろうよ」

元締めが太鼓判を捺す。

「こっちも勧め甲斐がありまさ」

湯屋のあるじが白い歯を見せた。

「何にせよ、これでひと安心です」

おちよが胸に手をやった。

二

翌日は親子がかりの日だった。

浅蜊をふんだんに入れ、葱を散らした深川丼《ふかがわどん》は千吉が受け持ち、時吉は気を入れてうどんを打った。こちらには刻んだ油揚げと葱と蒲鉾が入る。

「今日はことに腹にたまったな」

「うめえもんはすぐなくなるけどよ」

「いくらでも丼からわいてくりゃいいのによ」

「そううまくはいかねえや」

なじみの大工衆は、そんな調子で掛け合っていた。

好評のうちに膳が売り切れ、呼び込みで泊まり客も見つかった。

二幕目に入ってしばらくすると、隠居の季川が療治にやってきた。学者で寺子屋の師匠の春田東明《はるたとうめい》も久々に顔を見せた。千吉にとっては恩師に当たる。

「蘭学《らんがく》にも通じておられる先生にちなんだ料理をお出ししますので」

千吉が笑顔で言った。

寺子屋では『論語《ろんご》』などを講じているが、漢籍《かんせき》ばかりでなく蘭学の心得もある。空恐ろしいほどの博学だが、当人にはそれを鼻にかけるようなところがみじんもないから、教え子ばかりでなくその人柄を慕う者は多かった。

「ほう、それは楽しみです」

つややかな総髪の学者が笑みを浮かべた。

千吉がつくったのは、蒟蒻の阿蘭陀《おらんだ》煮だった。油で揚げたり焼いたりする料理には、物にもよるが阿蘭陀の名がつく。

つくり方はこうだ。

茹でてあく抜きをした蒟蒻を水にさらし、斜め格子《ごうし》の包丁目を細かく入れて、食べやすい厚さの三角の形に切る。

これをちりちりになるまで揚げ、湯を回しかけて油抜きをする。油揚げもそうだが、油抜きのひと手間で仕上がりがずいぶんと変わってくる。

それから鍋で酒と醬油を煮立て、蒟蒻を入れて煮汁がなくなるまで炒《い》り煮にする。仕上げの七味《しちみ》唐辛子を振れば、酒の肴にもってこいの阿蘭陀煮の出来上がりだ。

「食べ味が獣の肉のようですね」

さっそく賞味した春田東明が言った。

「生臭いところがまったくない肉の味わいで」

千吉が厨から言う。

「精進にも使えそうです」

おちよが言った。

ややあって良庵とおかねが到着し、隠居の療治が始まった。

「だいぶできるようになったね」

腹ばいになった季川が、万吉のほうを見て言った。

いまはおすわりの稽古だ。

「まだときどきうしろへひっくり返りそうになりますけど」

おようが気づかわしげに見守っている。

万吉は両手でどうにか身を支えていたが、どうかすると倒れそうになってしまう。

老猫のゆきと二代目のどかも赤子の動きを心配げに見ていた。

「いずれは先生の寺子屋に通うことになりますので」

千吉が言った。

「はは、それは少し気が早いですね」

春田東明が笑った。

そのとき、外で人の気配がした。

足音が近づき、のれんが開く。

「まあ、だれかと思ったら」

おちよが目を瞠った。

のどか屋に姿を現したのは、つまみかんざしづくりの修業を始めた春宵だった。

ただし、以前の総髪ではなかった。

春宵は職人風の髷を結っていた。

「灯屋さんの早指南のお仕事もされてるんですから、総髪のままでもよろしかったのに」

おちよが言った。

「いえいえ、職人のほうは修業中なので」

春宵はそう言って髷に手をやった。

今日はつまみかんざしの届け物がてら顔を見せたようだ。

どういう来歴の人物か、相席になった春田東明におちよが手短に伝えた。そのうち、療治が終わった隠居も加わり、新たな酒と肴も出た。

「つまみかんざしづくりのほうは慣れましたか」

学者が温顔で訊いた。

「まだまだこれからですが、人情本書きと一脈通じるところはあるので」

春宵はそう答えると、薇《ぜんまい》と油揚げの煮物を口に運んだ。

やさしい味わいにつくり手の人柄が出るひと品だ。薇と油揚げの嚙み味の違いもそこはかとなく楽しい。

「と言いますと？」

春田東明がいくらか身を乗り出した。

「人情本は何もないところからお話をこしらえます。つまみかんざしは色とりどりの羽二重をつまんで蝶や花や鳥などのかたちを整えていきます。違うようですが、何もないように見えても、人情本のもとになる羽二重のようなものはいろいろあるでしょう。これまでも、つまみかんざしをこしらえるように人情本を書いていたんだと思います。そう考えれば、手つきが似ているような気がするんです」

春宵はそう語った。

「ああ、なるほど、深いね」

隠居がそう言って、猪口の酒を呑み干した。

「また人情本を書きたいとは思われませんか」

おちよがたずねた。

「いまはお引き受けした『本所深川早指南』で頭がいっぱいで」

春宵は髷に軽くさわった。

「早指南物ならお咎めを受けることもないしね」

隠居が言う。

「そうですね。あの百歳きのお咎めはまだこたえていますので」

春宵は顔をしかめた。

「時世は変わるからね。またいずれ出番もあるだろう」

隠居が笑みを浮かべた。

「先のことは分かりませんが、ひとまずはつまみかんざしと早指南で気張ります」

春宵はそう言って猪口を口にやった。

次の料理が出た。

「お待たせいたしました。白魚の黄金《こがね》揚げでございます」

自ら盆を運んできた千吉が言った。

「これはまた凝ったものが出たね」

隠居の白い眉がやんわりと下がる。

「つまみかんざしに負けないようなものをと思いまして」

のどか屋の二代目が胸を張った。

「いかにも早春の恵みというたたずまいです」

春田東明が目を細めた。

「さっそくいただきましょう」

春宵が笑みを浮かべた。

薄い塩水で洗った白魚を立塩《たてじお》にいくらかつけ、水気を切って粉をまぶす。

これを黄身衣《きみごろも》でからりと揚げる。三つ葉も合わせて揚げ、大根おろしを加えたみぞれだしで供する。

「上品な味だねえ」

隠居がうなった。

「口の中でほろっと溶けます。いい仕上がりですよ、千吉さん」

春田東明はいつものようにていねいな言葉遣いをした。

「衣がぼてっとしていないから、見た目もいいです」

春宵も満足げに言った。

「ありがたく存じます」

料理をほめられた千吉が一礼した。

「つまみかんざしづくりも、人情本書きも、料理づくりも、根は同じかもしれないね」

隠居がふと思いついたように言った。

「と言いますと？」

おちよが問う。

「使う布が違うだけで、それぞれの織物を織っているんだと思うよ。そういう織物がこの世を豊かにしていくんだ」

季川は答えた。

「ひいては、人それぞれが織物のようなものなのかもしれませんね」

春田東明はそう言うと、背筋を伸ばしたまま猪口の酒を呑み干した。

「ああ、なるほど」

隠居がうなずく。

「みんな柄や色が違うわけですね、先生」

厨から千吉が言った。

「そうですね。それぞれに持ち味が違うわけです」

春田東明はそう言って、また白魚の黄金揚げを口中に投じた。

「そういう持ち味の違う人がたくさん寄り集まって、この江戸の町になってるんですね」

おちよがしみじみと言った。

四

「さようですか。春宵先生は気張ってやってらっしゃいますか」

灯屋の幸右衛門が笑顔で言った。

「ええ、顔色もずいぶん良くなって」

春宵の近況を伝えたおちよが笑みを浮かべた。

「手前もほっといたしました」

今日は目出鯛三ではなく、番頭の喜四郎《きしろう》も一緒だ。

見世番は手代に任せ、これから出る書物の引札づくりや根回しなどに動いていると
ころらしい。

「出会い物の竹若鍋《たけわか》ができますが、いかがいたしましょう」

およう がたずねた。

「竹若鍋でございますか」

幸右衛門はややいぶかしげな顔つきになった。

「旬《しゅん》の若竹と若布《わかめ》の鍋で」

若おかみが答えた。

さきほどまで万吉に乳をやったりおしめを替えたりしていたのだが、やっと座敷の隅の布団にくるまって寝てくれた。

祝い事がなければ二幕目の座敷がむやみに埋まることはないから、万吉用の布団をのべておくことにした。もっとも、これ幸いとばかりに猫が入れ替わり立ち替わり寝るようになったから、ときどきどかすのに苦労する。

「なるほど、それで竹若鍋ですか」

「小粋《こいき》な名ですね」

「では、ぜひ頂戴しましょう」

「楽しみです」

灯屋の主従は乗り気で言った。

『料理春秋』のほうは順調に進み、早くも引札づくりに取りかかったという話だった。さすがは老舗の書肆の仕事ぶりだ。

「この分なら、花どきに売り出せるでしょう」

幸右衛門が言った。

「目出鯛三先生は筆がお早いので」

番頭の喜四郎が和す。

「何と言っても、こちらの二代目の下ごしらえが素晴らしかったので」

灯屋のあるじは料理になぞらえて千吉を立てた。

「旅籠の呼び込みのときに、背中に引札を付けて行こうかという話をしていたんです」

おちよが言った。

「ああ、それは名案ですね」

幸右衛門がすぐさま言った。

「つまみかんざしなどで飾り立てれば、おのずと目を惹《ひ》くでしょうから」

若おかみも笑顔で言う。

「案が次々に出てまいりますね」

と、幸右衛門。

「こりゃあ当たりますよ、旦那さま」

番頭が手ごたえありげに言ったとき、竹若鍋が運ばれてきた。

若竹と若布を鍋で煮て、酢を加えた醬油だれにつけて食すだけの簡明な料理だが、どちらも早春の恵みだけあって目を瞠るほどうまい。

「若布がぷりぷりしていますね」

灯屋のあるじが満足げに言った。

「若竹のほうはこりこりです」

番頭が和す。

「旬のものは、余計な手をかけないほうがおいしゅうございますね」

幸右衛門が言った。

「書物は手がかかりますが」

喜四郎が言う。

「ほんとに、一冊の本ができるまでには、いろんな方が関わっておられるみたいで」

おちよが言った。

「吉市さんの画も上々の出来なので、きっと当たりを取るでしょう」

灯屋のあるじはそう言うと、今度は若竹を箸でつまんだ。

五

「そうかい。存外に早くできるんだな」

厨の樽に座った長吉が言った。

「長吉屋の名も入っていますし、いい引札になるでしょう」

時吉が答えた。

「ありがてえこった」

軽く両手を合わせると、長吉は一枚板の席に陣取った客のほうを見た。

「先生のおかげで、いい冥途《めいど》の土産ができます」

「なんの。もとになる料理の紙の出来が良かったので、そう苦労はしませんでしたよ」

そう答えたのは、狂歌師の目出鯛三だった。

「のどか屋の二代目が気張ってたからな」

その隣に陣取った客が言った。

黒四組の万年平之助同心だ。かしらの安東満三郎は上方《かみがた》の盗賊を追うために留守にしているが、万年同心は縄張りの江戸にいる。

「そうそう、千吉の手柄で」

長吉の目尻にいくつもしわが浮かんだ。

ここで料理ができた。

寒鮃のぱりぱり焼きだ。

平たい鍋に油を引いて、身と皮をこんがりと焼く。ことに、ぱりぱりになるまで焼いて塩胡椒《しおこしょう》をした皮がうまいひと品だ。

「さすがにこういう料理は長屋の厨では難しいですね」

目出鯛三が言った。

「いえ、平たい鍋があって、こつを覚えればつくれるでしょう」

時吉が答えた。

「そのうち『料理春秋』を見ながら長屋の女房衆が料理をつくるようになるかもしれませんな」

と、長吉。

「そりゃあ、書いた甲斐があります」

目出鯛三が笑みを浮かべた。

ぱりぱり焼きを賞味しながら、しばらくご政道《せいどう》の話になった。

「水野様の締めつけは相変わらずで、目立つものは何事も『まかりならぬ』だからな」

いささかうんざりしたような顔つきで、万年同心が言った。

「また鯛を散らした着物で町を歩きたいところですが」

目出鯛三が言った。

縞模様は入っているが、赤い鯛を散らした着物に比べたら格段に地味だ。

「いまは取っ捕まるからな。おれも見廻って、そういうやつを取っ捕まえるようにとは言われてるんだが」

万年同心はそう言うと、いくらか苦《にが》そうに猪口の酒を呑み干した。

「前に取っ捕まっちまったことがあるんで」

長吉が苦笑いを浮かべた。

華美な料理はまかりならぬというお達しが出ていた頃のことだ。長吉はそれに触れて、半年のあいだ江戸十里四方所払いを命じられてしまった。

「波のように、取り締まりがきつくなったりゆるくなったりしますからね」

目出鯛三が身ぶりをまじえて言った。

「そのうち波もおさまるでしょう」

時吉が答えた。

ほどなく、次の料理が出た。

牡蠣の木枯らし蒸しだ。

牡蠣の身を大根おろしで洗って汚れを取り、薄めに塩を振る。それから、昆布を敷いた器に並べて酒を振りかける。

湯気の立った蒸籠《せいろ》に牡蠣を入れ、身がぷりぷりとしてきたところでいったん取り出しておく。

卵の白身に塩を加えて泡立て、刻んだ葱と椎茸を加えて合わせる。これを牡蠣に載せてまたさっと蒸す。

蒸し終えたら餡を張る。だしに薄口醬油に味醂、それに水溶きの片栗粉でとろみをつける。

仕上げにおろし山葵を盛れば出来上がりだ。

「なるほど、見た目が雪景色ですな。木枯らし蒸しとは風流です」

目出鯛三が言った。

「寒い時分にはちょうどいいな」

万年同心が笑みを浮かべた。

「椎茸と葱は、吹き寄せられた落ち葉に見立てています」

時吉が言った。

「ああ、それで薄切りになってるんですね」

狂歌師が腑に落ちた顔で言った。

「こういう料理は、さすがに早指南物では難しいでしょう」

と、長吉。

「つくり方は存外に難しくないんですが」

時吉が脇から言う。

「いや、でも、長屋で女房衆がこんな料理を出したら、変な顔をされちまう」

長吉が軽く器を指さした。

「牡蠣なら、牡蠣飯とか牡蠣鍋とか、すぐ分かるものが喜ばれるでしょうな」

目出鯛三が言う。

「でしたら、これを」

時吉がまた手を動かした。

ほどなく供されたのは、牡蠣のもろみ漬けだった。

酒煎《さかい》りをしてからさました牡蠣を、味醂を加えたもろみ味噌の床《とこ》に漬ける。ひと晩置けばちょうどいい塩梅の酒の肴になる。

「軽くあぶっていますので、ことに風味豊かです」

時吉が笑みを浮かべた。

「これなら長屋でもいけそうです」

目出鯛三が言う。

「そういうふうに使い分けていけば、江戸の食い物がさらにうまくなるな」

万年同心が満足げに言った。

「うん、ちょうどいい漬かり具合だ。だれが食ってもうまい」

もろみ漬けの舌だめしをした長吉が太鼓判を捺した。

「ありがたく存じます」

師匠に向かって、時吉は小気味よく一礼した。

第九章　めで鯛づくし

一

「さようでございますか。八月には国元へ」

おちよが言った。

「殿はずっと江戸にいたい様子なんですが、そういうわけにもいかないので」

宿直《とのい》の弁当を受け取りに来た稲岡一太郎が言った。

「もういまから参勤交代の段取りに取りかかっているので、何かとあわただしいですわ」

もう一人の兵頭三之助が和す。

大和梨川藩の勤番の武士だ。藩主の筒堂出羽守良友は八月に参勤交代で国へ帰ることになったらしい。

「それは大変でございますね」

おちよが言った。

すでに二幕目に入っている。一枚板の席には、元締めの信兵衛と力屋のあるじの信五郎が陣取っていた。

「ほんまやったら、去年帰らんとあかんかったんやけど、殿は引き継ぎの初お目見えで、今後の御役の相談もあったんで」

将棋の名手が言った。

「今年は江戸の花見と川開きを楽しみにしているそうです。来年は国元なので」

二刀流の遣い手も言う。

「では、花見弁当を気張ってつくりますので」

千吉が厨から言った。

「呑みこみが早いな。まだ早いけど、頼もと思てたんや」

兵頭三之助が笑みを浮かべた。

「承知しました。……はい、宿直のお弁当ができましたので」

千吉は明るく答えた。

万吉を寝かしつけてから手伝いにきたおようとおちよが運ぶ。

「お待たせいたしました」

「いつものお弁当でございます」

若おかみと大おかみの声がそろった。

「いつものがいちばんや」

兵頭三之助が受け取る。

「いただいてまいります」

稲岡一太郎が折り目正しく答えた。

焼き魚に煮しめなどが彩り豊かに入った食べでのあるのどか屋の弁当は好評で、楽しみにしている藩士も多い。

「筒井さまによしなにお伝えくださいまし」

おちよが言った。

お忍びの藩主は筒井堂之進という仮の名を用いる。

「承知しました」

「そのうちまた来ますので」

二人の勤番の武士が答えた。

二

「お武家さまは大変ですな、参勤交代があって」

力屋のあるじがそう言って、猪口の酒を呑み干した。

「そうですな。国元へ何を持ち帰るか、途中の宿はどうするか、段取りがいろいろあるでしょうから」

元締めが言う。

「おや、だいぶ降ってきましたね」

表のほうを見て、おちよが言った。

「小降りになるまで待つかね」

と、元締め。

「わたしは傘を差してきましたんで」

信五郎が言った。

小太郎とふくが競うように戻ってきた。濡れてしまったらしく、ぶるっと身をふるわせる。

「あらあら」

　おようが笑みを浮かべた。

　しばらく経っても雨は止まなかった。揚げ出し豆腐と干物を肴に呑んでいた力屋のあるじは、傘を差して帰っていった。

「小ぶりにもなりそうにないね。大松屋まで行こうと思ったんだが」

　信兵衛が苦笑いを浮かべた。

「それなら、傘をお貸ししますので」

　おちよがすぐさま言った。

「そうかい。なら、借りていくよ」

　元締めが軽く右手を挙げた。

　大きく「の」と染め抜かれた傘を開いて元締めが出ていってからほどなくして、初次郎が顔を見せた。

「今日は屋台を出せねえんで、また修業させてもらおうと思って」

　初次郎は笑みを浮かべた。

「さようですか。それはいくらでも」

　おちよのほおにえくぼが浮かんだ。

「ちょうど海老の変わり揚げをつくろうかと支度していたところで」

千吉が答えた。

「なら、修業させてもらえれば」

初次郎が乗り気で言った。

「ただ、食べるお客さんがいませんので」

千吉がいくらかあいまいな顔つきで答えた。

「そろそろどなたか泊まりのお客さんが戻られると思うんですが」

おちよが言った。

「それまで、つくり方をお教えします」

千吉が声をかけた。

「そうしてもらえれば助かりまさ」

初次郎は腰を低くして答えた。

「屋台のほうはいかがですか？」

おちよが問うた。

「ありがたいことに、常連さんがいくたりもできて、どうにかやらせてもらってますよ」

初次郎はいい顔つきで答えた。

「それは何よりで」

おちよが笑みを浮かべた。

千吉が厨で指南を始めてまもなく、二人の泊まり客が戻ってきた。

相州藤沢《そうしゆうふじさわ》から江戸見物に来た兄弟で、両国橋の西詰を冷やかしていたのだが、雨に降られて戻ってきたらしい。

これで食べ役に困らなくなった。

千吉は初次郎に指南しながら海老を揚げはじめた。

三

「なるほど、針みたいに切った海苔をまぶしつけてから揚げるんですな」

初次郎が得心のいった顔つきで言った。

「細かく砕いたおかきも同じ要領です。普通の衣と違って、さくさくしていておいしいですよ」

千吉はそう言ってまた手本を見せた。

「うまそうだな」

「早く出してくんな」

座敷に陣取った二人の客が急かせた。

「はい、少々お待ちくださいまし」

千吉が調子よく答えた。

初次郎も手伝い、二種の変わり揚げができた。

塩でもいいが、このたびは天つゆで供する。

「おお、来た来た」

「こりゃうまそうだ」

相州藤沢から来た二人の客は、さっそく箸を伸ばした。

初次郎は客の様子をじっとうかがっていた。真剣なまなざしだ。

「うわ、さくっとしててうめえ」

「ほんとだ。こんな海老天、食ったことねえぞ」

評判は上々だった。

その様子を見て、初次郎は笑みを浮かべた。

「海苔のほうも香りが良くてよう」

「この宿にして良かったな、兄ちゃん」

「おう」

相州の兄弟はご満悦《まんえつ》だ。

「朝餉の豆腐飯もおいしいですから」

初次郎が言った。

「そうかい。楽しみにしてるぜ、あるじ」

兄のほうが早とちりをして言った。

「いや、おいらは屋台の天麩羅屋で、こちらで修業させてもらってるんでさ」

初次郎があわてて言った。

「ああ、そりゃすまねえ」

「屋台で出したら飛ぶように売れるぜ」

客が言う。

「ただ、玉子を使ってますんでねえ」

初次郎は首をひねった。

白身を溶いて砕いたおかきや針海苔をまぶしてから、黄身衣にくぐらせて揚げている。のどか屋には伝手《つて》があってわりかた安く仕入れることができるものの、玉子はまだまだ値の張る食材だ。

「屋台で出すのはちょっと厳しいかもしれませんね」

おちよが言った。

「まあ、甘藷やはんぺん、それにかき揚げがありますんで」

初次郎が気を取り直すように言った。

「この先も気張ってくださいまし」

千吉が言った。

「せっかく教わったんだから、この身の続くかぎりやりますよ」

天麩羅の屋台のあるじは、いい表情で答えた。

四

冷たい風の刺《とげ》がしだいに薄れ、春のあたたかな風が江戸の町に吹きはじめた。

南のほうからは花だよりも届きだした。おのずと心が弾む季《とき》だ。

そんなよく晴れた気持ちのいい昼下がり、二幕目ののどか屋に待ちに待ったものが届けられた。

それは、『料理春秋』だった。

「見本ですが、刷《す》りたてなのでいい香りがしますよ」

灯屋のあるじの幸右衛門が笑顔で言った。

「ああ、本当ですね」

書物を手に取った時吉が答えた。

今日は親子がかりの日だ。

「売り出しはいつからです？」

千吉が問うた。

「見本をあらためていただいて、もし間違いがなければ本刷りにかかりますので、十日もあれば充分かと」

幸右衛門が答えた。

「もう引札もできていますし、かわら版にも載せますので」

一緒にのれんをくぐってきた目出鯛三が笑みを浮かべた。

「先生は執筆と宣伝の二股をおやりになれるので心強いです」

灯屋のあるじが頼もしそうに言った。

「なら、今夜からさっそく読ませていただきますので」

時吉が言った。

「もし何かあったら手前どもにお知らせいただければと」

幸右衛門が軽く頭を下げた。

「そのときはわたしが走ります」

千吉が厨で腕を振ってみせた。

「では、ひとまず今日は前祝いで？」

おちよが問うた。

「さようですね。売り出しになったら、絵師の吉市さんと長吉さんもまじえてあらためて」

灯屋のあるじが答えた。

「おとっつぁんも来るんだったら、長吉屋のほうがいいかしら」

おちよが小首をかしげた。

「でも、この子の顔をごらんになりたいでしょうし」

万吉を抱っこしたおようが言った。

「ああ、それもそうね」

と、おちよ。

「孫の顔にまさるものはありませんから」

幸右衛門が笑みを浮かべた。

「では、祝いの宴はこちらで」

目出鯛三が座敷を指さした。

段取りが決まったところで、料理が出た。

「中食も金目鯛《きんめだい》だったので、今日は鯛づくしです」

盆を運んできた千吉が言った。

「先生が来るのを待ち受けていたかのようですね」

灯屋のあるじが目出鯛三のほうを手で示した。

「はは、共食《ともぐ》いになります」

狂歌師が笑って言った。

中食の顔は金目鯛の早煮だった。

新鮮な魚は浅めの味つけのほうがうまい。金目鯛の色も鮮やかだ。

これに筍《たけのこ》ご飯と浅蜊の豆腐汁、それに山菜《さんさい》のお浸しの小鉢をつけた。いつもながらのにぎやかな膳は好評で、滞りなく売り切れた。

金目鯛は中食だけでなくなったが、まだ真鯛が残っていた。

ちょうどいいから刺身にした。親子がかりで競うようにさばいた活け造りだ。

「ああ、身がこりこりしていてうまいですね」

目出鯛三が笑みを浮かべた。

「『料理春秋』の前祝いにはもってこいです」

灯屋のあるじは見本の表紙を手で示した。

こう記されている。

佳絶食彩《かぜつしよくさい》
用達便利《ようたしべんり》

料理春秋

目出鯛三著　浅草長吉屋、横山町のどか屋撰

小伝馬町灯屋幸右衛門上梓《じようし》

料理春秋という書名はことに大きく、太い字で記されている。

それぱかりではない。上下左右に画が入っていた。

春は桜、夏は花火、秋は紅葉、冬は雪景色。

絵師の吉市が巧緻《こうち》な画を描いていた。

画は本文のそこここにも入っていた。鯛や大根など、旬の食材がていねいに描かれている。

「うちの名も入れていただいて、ほまれですね」

見本に目をやったおちよが言った。

「長吉屋さんのほうを先にさせていただきましたが」

幸右衛門はそう言うと、また鯛の刺身を口中に投じた。

「それはもう。おとっつぁんのほうが格上ですから」

おちよが答える。

「この仕上がりなら、いけると思いますよ」

目出鯛三が手ごたえありげに言った。

「引札の紙も刷り上がったらお届けしますので」

と、幸右衛門。

「なら、旅籠の呼び込みのときに配ればどうでしょう」

おようが言った。

「親子がかりの日には、わたしも出るから」

千吉が乗り気で言った。

こうして段取りが進み、刺身に続いて鯛の天麩羅も揚がりはじめたころ、のどか屋にまた客が姿を現した。

のれんをくぐってきたのは、お忍びの大和梨川藩主、筒堂出羽守良友だった。

五

「立派な書物ができたな」

筒井堂之進と名乗る着流しの武家が言った。

「恰好《かっこう》の引札になりますね」

お付きの稲岡一太郎が見本を指さして言う。

「鉦太鼓《かねたいこ》で売り出さんとあきませんな」

兵頭三之助も笑みを浮かべた。

「さきほどから段取りの相談をしていたところなんです」

おちよがそう言って酒を運んだ。

「これから鯛を焼きますので」

厨から時吉が言った。

「おう、頼む」

お忍びの藩主がさっと右手を挙げた。

「そうそう。刷り物配りだけでは華がないので、こういうものもこしらえてきたんです」

目出鯛三がふところから小ぶりの垂れ幕のようなものを取り出した。

つひに上梓
『料理春秋』（灯屋）

そう記されている。

「ああ、これは目立つな」

お忍びの藩主が真っ先に言った。

「背中に縫いつければいいでしょう」

万吉を座敷に座らせたおようが笑みを浮かべた。

「つまみかんざしも付けて目立つようにすればどうかしら」

おちよが知恵を出した。

「ああ、それはいいかも」

厨から千吉が言った。

「それにしても、ちょっと見ないうちに大きくなったな」

お忍びの藩主が言った。

「やっとおすわりができるようになりました」

おようが答えた。

「しゃべるのはまだやな」

赤子を見て、筒堂出羽守が言った。

「ときどき『うま、うま』とか言いますけど、まだはっきりした言葉では」

おようが笑みを浮かべた。

「何にせよ、楽しみや」

お忍びの藩主が白い歯を見せた。

ここで焼き鯛ができた。

「お待たせいたしました」

時吉と千吉が運ぶ。

「あとで潮汁《うしおじる》もお持ちしますので」

千吉が言った。

「『料理春秋』に載っているやつですな」

目出鯛三が書物を指さした。

おのれが執筆した書物だから、細かいところまで頭に入っている。

「さようです。元の紙はわたしが書いたので」

千吉が胸を張った。

「それは楽しみや」

さっそく箸を取ったお忍びの藩主が言った。

「せっかくなので、今日はめで鯛づくしにいたします」

時吉が言った。

「そら、望むところで」

兵頭三之助がすぐさま言う。

「いくらでもいただきますよ」

稲岡一太郎も和した。

「ひと仕事終えたあとの鯛は、ことのほかうまいですな」

焼き鯛を賞味した目出鯛三が言った。

「このあとの料理も楽しみです」

灯屋のあるじがそう言って、猪口の酒を呑み干した。

「まま、うま……」

万吉がやにわに口を開いた。

何を言っているのかはっきりしないが、機嫌は良さそうだ。

「なあに、万吉」

おようが歩み寄って問う。

ちょうど小太郎が通りかかった。立派な尻尾を纏《まとい》のようにぴんと立てている。

「うま、うま……」

万吉がそれを指さして言った。

「何を見ても『うま、うま』やね」

兵頭三之助が笑う。

のどか屋におのずと和気が漂った。

早くも次の料理が運ばれてきた。

「鯛のつや煮でございます。あらかじめ下ごしらえをしてありましたので」

おちよが笑顔で言った。

「まさしく、つや煮だな」

深めの皿に盛られたものを見て、筒堂出羽守が言った。

「『料理春秋』にも載っております」

灯屋のあるじが書物を示した。

「ほう、どこだ」

お忍びの藩主が身を乗り出した。

「ここでございます」

目出鯛三が素早く開いて渡した。

こう記されていた。

春の煮魚のところだ。

たひのつや煮
たひの身に塩をふり、四半刻《しはんとき》おく。

湯にとほして水にとり、水気をふく。

酒と水を煮立ててたひを入れ、あくをとり、しやうゆをくわへて少し煮て、身をとりだす。

煮汁が少なくなりしところでたひをもどし、汁をかけながら煮る。

汁がほぼなくなりしところでみりんを入れ、なべをまはしてからませる。


そういったおおよそのつくり方に加えて、調味料の量や、針生姜や木の芽などのあしらいや盛り方まで伝授されていた。

「ごばうを合はせてもうまし」と最後に添えられているから、まさに至れり尽くせりだ。噛み味も違う牛蒡《ごぼう》を合わせるとさらにうまい。

「わが藩にも何冊か欲しいところやな」

お忍びの藩主が言った。

「それはありがたく存じます」

幸右衛門がしたたるような笑みを浮かべた。

「うちに多めに入れていただければと」

おちよが言う。

「承知しました。のどか屋さんのご常連さまだけでも、かなりはけそうな気がします」

灯屋のあるじが言った。

めで鯛づくしの料理は次々に運ばれてきた。

「鯛の天麩羅でございます」

時吉が皿を下から出す。

「潮汁もどうぞ」

負けじと千吉も椀を出した。

「食べるほうが追いつきません」

稲岡一太郎が白い歯を見せた。

「味わって食え。どれもうまい」

筒堂出羽守が満足げに言った。

箸休めに鯛皮の三杯酢《さんばいず》などの渋《しぶ》い肴が出た。兜煮《かぶとに》もつくった。これはお忍びの藩主にふさわしい料理だ。

「国元にも伝えたいところだな」

大和梨川藩主は上機嫌だ。

「お言葉ですが、国元では鯛が獲れませんので」

稲岡一太郎が言った。

四方を山に囲まれた盆地で、海は遠い。鯛といえば、菓子の押し物をまず思い浮かべるほどだ。

「そうであったな。そら残念や」

筒堂出羽守は地の訛《なま》りで本当に残念そうに言った。

めで鯛づくしは締めに入った。

鯛には捨てるところがない。あらは煮物にもできるが、今日はだしを取ってうどんのつゆにした。身も入れた鯛うどんだ。

「つゆもうどんも美味ですな」

目出鯛三が笑みを浮かべた。

「気を入れて打ちましたんで」

千吉が身ぶりをまじえた。

さらに、鯛茶が出た。

胡麻《ごま》だれが風味豊かな自慢のひと品だ。

「これもわたしが紙を書きました」

千吉が自慢げに言った。

「紙を見るなり、文句が浮かんできましたよ」

目出鯛三がまた『料理春秋』を開いた。


ごまだれにつけしたひの刺身をめしにのせ、まず半ば食すがよし。しかるのちに、もみのり、みつば、おろしわさびの薬味をそへ、あつあつのせん茶をかけて食せば、一膳で二度、美味を味はへるはまさに口福《こうふく》なり。


そう記されていた。

「なんだか豆腐飯みたいですね」

おようが言った。

「そりゃ、豆腐飯から思いついたんだもん」

千吉がすかさず答えたから、のどか屋にまたほわっと和気が漂った。

「一膳で二度の美味、一冊で二度のお役立ち、これも引札になりそうです。読んで楽しく、料理の指南もしてくれる書物で」

灯屋のあるじが言った。

「あきない熱心だな、灯屋」

お忍びの藩主がそう言って、まず茶を注がずに鯛飯を食した。

「うむ、たしかにこれだけでもうまい」

お付きの武士たちも続く。

「そうですな。胡麻だれがいい塩梅で」

兵頭三之助が笑みを浮かべた。

「茶漬けにすればさらに風味が増すでしょう」

稲岡一太郎も和す。

ここで薬味と煎茶が加わった。

「満を持しての登場だな」

筒堂出羽守が両手を軽く打ち合わせた。

「待ってました、と声がかかりそうです」

目出鯛三が言った。

「うま、うま……」

万吉がまた口を開いた。

「そうそう。みなさんで『うま、うま』よ」

おようがどこか唄うように言った。

茶漬けができた。さっそくほうぼうで箸が動く。

「味が変わったな。まことに美味や」

お忍びの藩主が相好を崩した。

「うま、うま……」

目出鯛三が万吉の真似をする。

「これはまた大きな赤子で」

灯屋のあるじがそう言ったから、のどか屋に笑いがわいた。

「何にせよ、今年の江戸の春は『料理春秋』だな」

筒堂出羽守がそう言って、またうまそうに鯛茶を食した。

「そう言ってもらえるように、気張って売りますので」

千吉が笑顔で言った。

第十章　『料理春秋』売り出し

一

『料理春秋』の仕上がりは上々で、どこにも間違いがなかった。
様子を見に来た灯屋の番頭の喜四郎にそう伝えたところ、さっそく本刷りになった。
書物は灯屋からほうぼうに渡った。もちろん、のどか屋もその一つだ。
見世の前にはこんな垂れ幕が出た。

『料理春秋』出来　貸本有り升《ます》

書物は値が張るから、江戸の民はおおむね貸本で読む。貸本屋にあまねく入ったりすれば、千部も夢ではない。

のどか屋でも、にわか貸本屋を始めることにした。何冊も入っているから、十日あるいはひと月と期間を区切って代金を取れば、この先も実入りになる。

『料理春秋』は見世の目立つところに置かれた。

「おっ、それかい、見本は」

「ちょいと見せてくんな」

中食に来た職人衆からさっそく手が伸びた。

「はいはい、ただいま」

おちよがいそいそと動いた。

「何冊もございますので。中食と同じ値で十日貸しをしております」

万吉とともに勘定場に座ったおようが如才なく言った。

そこに何冊も『料理春秋』が積まれている。

「へえ、仮名が多いから、これならうちのかかあでも読めるな」

「画もたくさん入ってるぜ」

深川飯とけんちん汁の膳を食べ終えた職人衆は、早くも回し読みを始めた。

「酒の肴も載っているのか」

座敷から剣術指南の武家が問うた。

「はい、春夏秋冬の酒の肴がとりどりに載っております」

千吉が厨から調子よく答えた。

「そうか。ならば一冊、十日で貸してくれ」

武家が手を挙げた。

「ありがたく存じます。お代は晦日《みそか》締めで」

おちよの声が弾んだ。

「なら、おいらも貸してくんな」

職人衆からも声があがった。

「ありがたく存じます」

今度は千吉がいい声を響かせた。

二

「なら、よろしくお願いします。明日はわたしがやりますので」

旅籠の呼び込みに行く女たちに向かって、千吉が言った。

「承知しました。気張って配ってきます」

刷り物を手にしたおけいが答えた。

『料理春秋』とのどか屋、どちらも紹介した欲張りな引札だ。

「お願いね」

おちよが送り出す。

「はいっ」

双子の娘の声がきれいにそろった。

明日は親子がかりの日だから、千吉が満を持して呼び込みに行くことにしていた。

大人用の半裃《はんがみしも》の背には、もう引札を縫い付けてある。

それればかりではない。おせいが届けてくれたつまみかんざしの花が四隅を飾っていた。おのずと人目を惹く出来だ。

刷り物には、こう記されていた。

『料理春秋』（小伝馬町灯屋上梓）つひに開板

江戸料理指南書の真打ち登場

春夏秋冬の料理をば早指南

勘どころを押さえた指南に画も多数
此《こ》の一冊さえあらば、江戸のだれでも料理の達人に
読み逃す莫《なか》れ、今年の書物の大関は『料理春秋』で決まり也

むろん、目出鯛三による名調子だ。

終いのほうには、のどか屋の紹介もなされていた。

料理指南は浅草福井町長吉屋、並びに横山町のどか屋
のどか屋は旅籠付きの小料理屋の草分けにて、朝餉は江戸名物豆腐飯
極楽旅籠に極上朝餉、千客万来

余白には、二代目の千吉と若おかみのおようの似面《にづら》まで入っていた。

「お泊まりは横山町ののどか屋へ」

「『料理春秋』発売中です」

江美と戸美がにこやかに刷り物を渡す。

「おっ、本ができたんだ」

近くで呼び込みをしていた大松屋の跡取り息子の升造が歩み寄ってきた。

「はい。大松屋さんの分はとってありますから」

おけいが笑顔で告げた。

元締めの信兵衛が持っている旅籠には、一冊ずつ渡すことになっていた。泊まり客がつれづれに目を通してくれれば、また少しでも輪が広がるかもしれない。

「そりゃありがたいことで。この調子だと、千部振舞《せんぶふるまい》の宴も夢じゃないですね」

升造が笑みを浮かべた。

当時の書物は千部も出れば大当たりで、版元は氏神様《うじがみ》へ御礼参りに行き、祝いの宴を催したものだ。

「うちで宴を開ければいいです」

おけいが答えた。

刷り物は減ったし、泊まり客も見つかった。首尾《しゅび》は上々だ。

「なら、巴屋さんにも見本をお願いします」

おけいが双子の姉妹に言った。

「承知しました」

「刷り物も渡しておきます」

江美と戸美が笑顔で答えた。

三

「おう、いい本ができたじゃねえか」

『料理春秋』を手に取るなり、湯屋のあるじの寅次が言った。

二幕目に入るなり、岩本町の御神酒徳利がのれんをくぐってきた。さっそく見本を見せたところだ。

「おかげさまで」

千吉が厨から答えた。

「大根の画まで入ってら」

ぱらぱらとめくった野菜の棒手振りの富八がまずそこをほめる。

「そうそう。吉太郎が一冊買うって言ってた。銭も預かってきたからよ」

寅次がふところを軽くたたいた。

「貸しじゃなくて、買いでよろしいんですか？」

おちよが問うた。

「『小菊』はもうかってるからよ。じっくり読んで学ぶには買うのがいちばんだって吉太郎が言ってた」

湯屋のあるじが答えた。

「それはありがたいことで」

おちよが軽く両手を合わせる。

ほどなく、元締めの信兵衛、それに力屋のあるじの信五郎がのれんをくぐってきた。

「長吉屋へ寄りがてら善屋には届けてきたから、うちの旅籠にはこれで行きわたったかね」

信兵衛が言った。

「大松屋にはさっきわたしが」

千吉が伝えた。

「そうかい。なら、ひとまず終いだ」

元締めはそう言って、一枚板の席に腰を下ろした。

「筍の二色田楽ができますが、いかがでしょう」

千吉が水を向けた。

「いいね」

「それはぜひ」

元締めと力屋のあるじが打てば響くように答えた。

「なら、おいらも食っていこう」

「おいらも」

岩本町の御神酒徳利も手を挙げた。

「この書物は貸し出しもやってるんですな」

貼り紙を見て、力屋のあるじが訊いた。

二代目が元の紙を書いたる『料理春秋』、貸し出し升

十日で四十文、中食一回分にて

「さようです。気に入ったお料理があれば、十日のあいだに勘どころを書き写していただければと」

おちよが如才なく答えた。

「もちろん、買いに変えていただいてもかまいませんので」

千吉が厨で手を動かしながら言った。

「そりゃまあ、為助とおしのと相談で」

力屋のあるじが答えた。

ほどなく、いい香りが漂い、筍の二色田楽が焼きあがった。

木の芽味噌と赤味噌。彩りも鮮やかだ。

「こりゃ酒が進んじまう」

湯屋のあるじがそう言って、猪口の酒を呑み干した。

「木の芽の香りがたまらねえな」

富八が笑みを浮かべた。

「飯にのっけてもうまそうですな」

力屋のあるじが言った。

「これも書物に載ってるのかい？」

元締めがたずねた。

「もちろんです」

千吉が胸を張って答えた。

四

翌日の中食は親子がかりだった。

油揚げを脇役に使った盛りのいい筍ご飯に眼張《めばる》の煮つけ。それに、浅蜊汁とお浸しの小鉢がつく。海山の幸をふんだんに使った膳だ。

「『料理春秋』、できております」

おようが勘定場から声をかけた。

「おっ、借り賃はいくらだい」

食べ終えた左官衆の一人がたずねた。

「十日で四十文、中食一回分でございます」

若おかみがここぞとばかりに答える。

「安いんだか、高いんだか」

「そのあいだに書き写したら安いぜ」

「うちのかかあは字を書かねえからよ」

そんな調子で、その場ですぐ借りられるわけではなかったが、引札にはなる。話がほうぼうに伝われば、そのうち借り手が現れる。

「ありがたく存じました」

「またのお越しを」

女たちのいい声が響くなか、のどか屋の中食の膳は今日も滞りなく売り切れた。

「さあ、出番だな」

短い中休みのあと、千吉が支度を整えた。

半袢を身につけ、くるりと後ろを向く。

「うわ、目立つわねえ」

おちよが笑った。

「つまみかんざしも四隅についてるから」

千吉が背中を指さした。

「椿に桜に藤に菊、四季折々の花が飾ってあるので」

おようが言う。

おちよのほおにえくぼが浮かんだ。

「春宵先生がつくってくださったそうで」

届けてくれたおせいがそう言っていた。

「これくらいつくれれば、もう大丈夫ね」

おちよが言った。

「なら、気張ってこい」

時吉が送り出した。

「承知で」

『料理春秋』を手にした千吉が気の入った声で答えた。

五

「お泊まりは、小料理屋がついた横山町ののどか屋へ」

両国橋の西詰で、千吉はさっそく声を張りあげた。

「朝餉は名物、豆腐飯ー」

おけいが調子よく言う。

「料理の指南書、『料理春秋』売り出し中です」

見本を手にした江美が和す。

「のどか屋でお貸ししています。よろしければどうぞ」

戸美はそう言って刷り物を配った。

「見本は大松屋でもお貸ししてますよー。内湯がついた旅籠へどうぞ」

升造がどさくさにまぎれて言った。

「えー、うちの本なんだから」

千吉がすかさず言った。

「まあ、いいじゃないの。どちらにもお客さんが来れば」

升造が笑みを浮かべた。

「そりゃそうだな。持ちつ持たれつだ」

千吉はすぐさま言った。

そんな調子で、いつものように競いながら呼び込みをしているうちに、だんだんに客が見つかった。

江美と戸美が巴屋へ客を案内する。升造はもちろん大松屋だ。

「では、いったん戻ります」

おけいが千吉に言った。

客が二人見つかったので、先にのどか屋へ案内するところだ。

「はい、お願いします」

千吉の声が弾んだ。

ややあって、往来から一人の男が近づいてきた。

「おっ、やってるな」

そう声をかけたのは、万年平之助同心だった。

「あっ、平ちゃん」

千吉が気安く呼ぶ。

「上野の広小路《ひろこうじ》でも刷り物を配ってたぜ。赤い鯛のかぶりものをした男がよ」

謎をかけるように、万年同心が言った。

「目出鯛三先生が自ら刷り物配りを？」

千吉が目をまるくした。

「おのれが書いた書物の引札の刷り物を、おのれの手で配ってるんだから」

万年同心が笑った。

「そんな恰好をして、文句は出なかった？」

千吉が問うた。

「いまは天保の改革とやらで何かと目くじらを立てられるご時世だが、『この書物は倹約を奨励しておりますので』と文句を言われたら突っぱねるつもりらしい」

万年同心は答えた。

「ああ、たしかに。鯛や人参など、食材には捨てるところがないのでもうひと品というところもほうぼうにあるから」

千吉は笑みを浮かべた。

人参の葉はお浸しや胡麻和えに。皮は金平《きんぴら》にすれば小鉢になる。

「長屋の女房衆にも重宝するからな」

と、万年同心。

「世の中の役に立つ書物だから」

千吉は胸を張った。

その後もしばらく立ち話をした。

黒四組のかしらの安東満三郎は尾張の盗賊の残党を首尾よく捕まえ、江戸に戻ってきているという話だった。

「なら、また行くからよ」

万年同心が右手を挙げた。

「待ってるよ、平ちゃん」

千吉が白い歯を見せた。

六

その日は隠居が療治を受けてから泊まる日だった。

「こりゃあ役に立つし、読んでも面白いね」

腹ばいになって『料理春秋』を繙《ひもと》きながら、隠居が言った。

「包丁の使い分けや切り方など、いろいろな教えが載ってますから」

おちよが言った。

「無い知恵を絞って元を書かせていただいたので」

時吉が笑みを浮かべた。

それぞれの料理のつくり方の紙は千吉が受け持ったが、それに目を通して手を入れるばかりでなく、ほかの役に立つ事柄をいろいろ記しておいた。目出鯛三がそこから取捨選択し、読みやすいように手を入れてくれたから上々の仕上がりだ。

「こちらも親子がかりですね」

隠居の腰をもみながら、良庵が言った。

「何なら、わたしが借りて読もうかね、おまえさん」

女房のおかねが水を向ける。

「おまえが読みたいんじゃないのかい」

目の見えない按摩が訊く。

「はは、たしかに」

おかねは笑って答えた。

「なら、お貸ししますよ。書物は十冊あまりも入れていただいてますから」

おちよも笑みを浮かべた。

こうして、また一冊、『料理春秋』が貸し出された。

隠居の療治が終わり、按摩の夫婦は次の療治場へ向かった。

ちょうど座敷が空いたところへ、久々になじみの火消し衆がいくたりか姿を現した。

「ご無沙汰しております。今日は祝いごとか何かで?」

おちよがよ組のかしらの竹一《たけいち》にたずねた。

いまは縄張りではないのだが、むかしのよしみで折にふれて通ってくれている。ことに祝いごとに使ってくれるから、ありがたい常連だった。

「いや、そういうわけじゃねえんだが、本のうわさを耳にしてよ」

かしらは耳に手をやった。

「おっ、大きくなったな、三代目。纏《まとい》をやってやろう」

纏持ちの梅次《うめじ》が万吉に手を伸ばした。

両手を脇にやり、笑顔で持ち上げる。

「ほら、纏だぞ。高い高い」

梅次はわらべを差し上げた。

「いいわね、万吉」

母のおようが出てきて笑みを浮かべた。

「おめえもやってやろう」

「尻尾が纏みてえだからよ」

若い火消しが、ひょこひょこ歩いてきた小太郎を捕まえ、万吉と同じように差し上げた。

猫はきょとんとしている。

「とにかく書物が出てめでてえかぎりで。祝いの宴とかやらねえのかい」

竹一が問うた。

「ああ、それはそのうちやろうかという話で」

おちよが答えた。

「では、甚句《じんく》を一ついかがでしょう」

千吉が調子よく水を向けた。

「そうだな。せっかくだから、ちょこっとやるか」

かしらが乗り気で答えた。

「その代わり、うめえもんを食わしてくんな」

纏持ちがそう言うと、嫌がって尻尾を振りだした小太郎を床に放した。

猫がすぐさま身をなめはじめる。

「承知で」

「『料理春秋』に載っている肴をおつくりしますので」

のどか屋の親子が答えた。

ほどなく、肴ができた。

まずは赤貝《あかがい》と若布の酢味噌和えだ。春の香りがする小粋なひと品で彩りもいい。

「やっぱり、のどか屋の肴はひと味違うな」

竹一が満足げに言った。

「季語を食べているようなものだからね」

一枚板の席に移った季川が言った。

「では、次もそういうものを」

厨から時吉が言った。

続いて出たのは、蛤の木の芽焼きだった。

酒と醬油をたらして塩梅よく焼きあげ、木の芽を散らす。これまた春の恵みの肴だ。

「これもひと味違うな」

と、かしら。

「蛤は焼き蛤《はま》もうまいですがね」

「酒と醬油をちょいと垂らしたやつだな」

「蛤吸いもいいぜ」

よ組の火消し衆が口々に言う。

「やっぱり蛤は飯だろう」

梅次が言った。

「いや、何でもうまいっすよ」

「ことにのどか屋の料理は」

若い火消しがそう答えて、また木の芽焼きに箸を伸ばした。

「今度は山のものでございます」

おちよが盆を運んでいった。

「おっ、筍だな」

竹一がいくらか身を乗り出した。

「醬油の香ばしい香りが漂ってくるね」

一枚板の席の隠居が手であおぐしぐさをした。

「焼き筍に直鰹煮《じがつおに》でございます」

おちよがどこか唄うように告げた。

鰹節《かつおぶし》を炒って香りを出し、筍にからめるところのほかうまい。醬油で味つけた焼き筍は、まさしくまっすぐな味だ。

「どんどんお出ししますので」

千吉が厨から言った。

「おう、いくらでも食うぜ」

「持ってきてくんな」

火消し衆の声に応えて、のどか屋の二代目は気張って肴をつくった。

好評だったのは牛蒡と海苔の天麩羅だった。

これも『料理春秋』に載っている料理だ。

細切りにした牛蒡を海苔で巻いてまとめてから揚げたのが千吉の工夫だった。「うどん、そばの具にもよろし」と書物には記されている。

「ああ、こりゃうめえ」

竹一がうなった。

「取り合わせの妙だね。うまいよ」

隠居もほめる。

「ありがたく存じます」

千吉が会心の笑みを浮かべた。

七

『料理春秋』の売れ行きと評判は上々だった。

かわら版にも採り上げられ、さらに評判が増した。もっとも、かわら版の文案を担ったのは目出鯛三だから、お手盛りもいいところだ。

とにもかくにも、船出はうまくいった。それを祝して、のどか屋の二幕目を貸し切りで祝いの宴が行われることになった。

灯屋のあるじの幸右衛門と番頭の喜四郎、狂歌師の目出鯛三と絵師の吉市。浅草からは長吉と隠居の季川が駕籠に乗ってやってきた。元締めの信兵衛に、よ組のかしらの竹一と纏持ちの梅次。千吉の竹馬の友の大松屋の升造。岩本町の御神酒徳利の寅次と富八。

さらに、黒四組のかしらの安東満三郎と万年平之助同心も顔を出した。

座敷も一枚板の席もにぎやかに埋まり、酒と料理が次々に運ばれていった。

「お待たせいたしました。春の野山のちらし寿司でございます」

若おかみが笑顔で桶《おけ》を運んでいった。

「おお、こりゃ目に鮮やかだな」

「野菜もふんだんに入ってるぜ」

岩本町の御神酒徳利が笑みを浮かべた。

錦糸《きんし》玉子にせん切りの人参、木の芽に菜の花、干瓢《かんぴょう》に干し椎茸に蓮根《れんこん》に高野《こうや》豆腐。具だくさんで、見てよし食べてよしのちらし寿司だ。まさに春の野山を想わせる。

「お次は、桜鯛の活け造りでございます」

今度は大おかみのおちよが大皿を運んだ。

江戸でも桜が咲きだした。ひとたび咲きだせばあっという間だから、すぐに満開になるだろう。

その時分の鯛は桜鯛と呼ばれ、ことに脂が乗ってうまい。時吉と千吉が親子がかりで腕によりをかけてさばいた鯛は、思わずため息が出るほどの美しさだった。

「どこへ出しても恥ずかしくない出来だな」

長吉が太鼓判を捺す。

「さっそく共食いを」

目出鯛三がおどけた口調で言って箸を伸ばした。

「先生のおかげで、千部振舞も夢ではなくなってきました」

灯屋のあるじが上機嫌で酒をついだ。

「ありがたいことで」

『料理春秋』の執筆者が軽く両手を合わせた。

絵師の吉市の手元には筆と紙が用意されていた。折にふれてさらさらと筆を動かし、宴の様子を描いている。どの表情も活き活きしているのはさすがに絵師の腕だ。

「天麩羅がどんどん揚がります」

千吉が笑顔で大皿を運んできた。

「天丼にもできますので、お申し付けください」

おようが和した。

「どの天麩羅でもいいのかい」

竹一が問うた。

「はい、海老でも鱚でも山菜でも甘藷でも」

おようは調子よく答えた。

万吉は祖父の長吉がひざに乗せていた。みなに相手をされて機嫌良さそうな顔をしている。

「たれをいくらでもおかけしますので」

時吉が厨から言った。

「なら、甘藷の天丼に味醂をかけてくんな」

あんみつ隠密がさっそくわがままなことを言った。

万年同心が苦笑いを浮かべる。

「山菜がうまそうですね」

灯屋のあるじが言った。

「たらの芽に蕗《ふき》の薹《とう》に独活《うど》の芽に蕨《わらび》。それに、筍も入っています」

おようが唄うように言った。

「では、山菜を天丼で」

番頭が右手を挙げた。

「おいらは海老と鱚で頼むぜ」

纏持ちが続く。

そんな調子で、そこここで箸が動いた。

「うちのお客さんにも好評だったよ、千ちゃん」

酒を運んできた千吉に向かって、大松屋の若あるじが言った。

「そりゃ何よりだね」

千吉が笑顔で答える。

「巴屋や善屋もそうだよ。わたしの旅籠の部屋には必ず『料理春秋』が置かれているからね」

元締めの信兵衛がそう言って、猪口の酒を呑み干した。

「こりゃあ、続篇を出さなきゃね」

隠居が水を向けた。

「それは考えていたんです」

灯屋のあるじが言った。

「いかがでしょう、先生」

番頭の喜四郎も押す。

「『品川早指南』も引き受けましたから、大変ですね。忙しいのはありがたいのですが」

目出鯛三が答えた。

先に出た『浅草早指南』が好評だったので、柳の下の泥鰌《どじょう》を狙って次々に出すことになった。いまは春宵が『本所深川早指南』を手がけているが、目出鯛三も引き続き『品川早指南』を執筆することに決まった。さりながら、取材にわざわざ品川まで通わねばならないからなかなかに大変だ。

「料理のほうは、また元の紙をつくることに?」

おちよがたずねた。

「いや、このたび使えなかった紙もたくさんありますので、並びを思案すれば『続・料理春秋』を出せるでしょう」

目出鯛三が答えた。

「では、この先、第四篇くらいまでまいりましょう」

灯屋のあるじが言った。

「承知しました。まずはそのうち続篇を」

目出鯛三が筆を動かすしぐさをした。

八

天麩羅もしくは天丼が行き渡ったあとも、祝いの料理は次々に出た。

鯛は活け造りばかりでなく、にゅうめんにもした。あたたかい素麺《そうめん》に焼き鯛がよく合う。

酒の肴もとりどりだ。春らしい蕗の二杯酢や、独活の梅和《うめあ》えなどは箸休めにちょうどいい。

「宴もたけなわになってきたね」

隠居の白い眉がやんわりと下がった。

「では、そろそろ余興《よきょう》にまいりますか」

おちよが段取りを進める。

「ご隠居がトリだから、うちが前座で」

よ組のかしらが立ち上がった。

「酔っぱらわないうちにやりますか」

纏持ちの梅次が続く。

「おれらは芸がねえから、代わりにやってくんな」

黒四組のかしらが渋く笑った。

「承知しました。では、代わり映《ば》えのしねえ甚句で」

竹一が答える。

「文句は替えてますんで」

と、梅次。

「よし。なら、やるぜ」

「へい」

よ組の二人は余興の甚句を始めた。

江戸に旅籠は　数々あれど　(やー、ほい)

料理屋兼ねたる　草分けで　(ほい、ほい)

その名聞こえし　のどか屋の（やー、ほい）
二代目心血　注ぎたる（ほい、ほい）
竹一が美声を響かせ、梅次が合いの手を入れる。
それに合わせて、宴に集う者たちが手拍子を打つ。
『料理春秋』　ここにあり（やー、ほい）
この一冊で　料理上手（ほい、ほい）
江戸の皆さま　お役立ち（やー、ほい）
めでためでたの　書物なり（ほい、ほい）
最後にかしらが『料理春秋』を示して一礼した。
「ほい、ほい」の合いの手では、おようが三代目の手を動かしていた。
万吉は笑みを浮かべて上機嫌だ。

「よっ、名調子」

「江戸一」

岩本町の御神酒徳利から声が飛んだ。

「お粗末さまで」

竹一が笑みを浮かべた。

「おあとをどうぞ」

纏持ちが隠居のほうを手で示した。

「では、師匠、締めの発句《ほっく》をお願いいたします」

おちよが笑顔で言う。

「いやいや、付け句もあるから」

季川はそう言うと、おちよが用意した筆を執り、うなるような達筆でこう記した。

『料理春秋』に寄す

花びらの一つは新たなる書物《ふみ》に

「まだ咲きだしたところで花びらが散ってはいないんだが、まあそこはそれということで」

季川が温顔で言った。

「おめでたい句をありがたく存じます」

灯屋の幸右衛門が頭を下げた。

「画が浮かぶかのようです」

吉市が和した。

「なら、次の引札に使いましょう」

目出鯛三が乗り気で言った。

「こちらこそ、ありがたいことで。……では、付けておくれ、おちよさん」

季川が身ぶりをまじえた。

「承知しました。ふつつかながら」

おちよはそう断ってから付け句を披露した。

どこを開けても海山の幸

「まさにそのとおりだね」

書物を見ていた元締めが言った。

「いい宝ができたな」

締めの鯛茶漬けを運んできた時吉に向かって、黒四組のかしらが言った。

「ありがたいことで」

時吉は笑顔で答えた。

終章　初めての言葉

一

江戸は花盛りになった。

花見弁当があるから、のどか屋の厨は大忙しだ。中食のあいだにも弁当の支度をしなければならないので、目が回るほどの忙しさになる。

膳の顔はよそうだけの炊き込みご飯。煮魚と野菜の煮物、それに、弁当にも入る青菜のお浸しと豆腐汁。いつもよりは控えめな膳だ。

「はい、太巻きとちらし、まもなく上がります」

千吉がいい声を響かせた。

「承知で」

今日は親子がかりの日だ。時吉が打てば響くように答える。

「おっ、寿司もあるのかい」

客の一人が問うた。

「花見のお弁当用で」

千吉が手を動かしながら答えた。

「花見弁当はもう一杯でして」

時吉もすまなそうに言った。

「いまからじゃ遅《おせ》えからな」

「頼んだやつらが勝ちだ」

「代わりに楽しんできてもらおう」

なじみの職人衆が口々に言った。

中食が終わっても、花見弁当づくりは続いた。

客も来た。

墨堤《ぼくてい》へ繰り出すという大工衆がにぎやかにのれんをくぐる。弁当ばかりでなく、大《おお》徳利《どっくり》の支度もあるから大忙しだ。

「なら、行ってくるぜ」

「大徳利と器は忘れずに返しに来るからよ」

「そこでもう一杯だ」

大工衆が上機嫌で言った。

「行ってらっしゃいまし」

「お気をつけて」

大おかみと若おかみの声がそろった。

それからほどなくして、大和梨川藩の面々がやってきた。

お忍びの藩主、筒堂出羽守と二人の勤番の武士だ。

「お花見はどちらで？」

おちよが問うた。

「墨堤だ。さぞや混んでいるだろうがな」

着流し姿の武家が答えた。

「いい天気で良うございました」

弁当の包みを提げた千吉が言った。

「江戸の花見は、来年はできないので」

稲岡一太郎が包みを受け取る。

「二年分、楽しんできますわ」

兵頭三之助は酒を受け取った。

「どうぞお気をつけて」

おちよが頭を下げた。

「では、さっそく参ろう」

待ちきれないとばかりに、筒堂出羽守がうながした。

「心得ました」

「お供します」

二人の勤番の武士が答えた。

今年は参勤交代で国へ帰る藩主は、江戸の桜を楽しむべく、いそいそと出かけていった。

二

翌る日――。
花見の季節に合わせたわけではあるまいが、野田《のだ》の醬油づくり、花実屋《はなみや》の二人がのどか屋に泊まった。

「三代目が無事生まれて何よりでございますね」

番頭の留吉《とめきち》が笑みを浮かべた。

「おかげさまで」

応対に出てきた千吉が笑みを返した。

かつて野田を訪れ、世話になったことがあるから、古くからのなじみだ。

「この書物は役に立ちそうです」

『料理春秋』をあらためていた手代の栄太郎《えいたろう》が言った。

「何でしたら、ご主人様へのお土産に一冊どうぞ」

おちよがすすめた。

花実屋のあるじの喜助《きすけ》はあいにく腰を悪くしてしまったらしい。駕籠に乗るだけでも腰には悪いから、遠出はしばらく難しいかもしれないという話だった。

「それは買わせていただきますよ」

番頭があわてて言った。

「わたしからの贈りということで」

千吉が笑みを浮かべた。

「うちにはたくさん入っていますから」

おちよが言う。

「では、お言葉に甘えて頂戴してまいります。あるじが喜びます」

留吉が深々と一礼した。

「おいしいお醤油を使った料理をお持ちしますので」

万吉を抱っこしたおようが言った。

「それは楽しみです」

「頂戴します」

花実屋の二人が笑顔で答えた。

千吉が出したのは、ほぐした干物を入れた焼き飯と、焼き筍だった。どちらも花実屋の風味豊かな醤油が味の決め手だ。

「おいしゅうございます」

手代が顔をほころばせた。

「醤油づくり冥利に尽きる味ですね」

番頭も感慨深げに言った。

そのとき、黒猫のしょうがいくらか大儀そうに歩いてきた。

しょうは花実屋の醬油にちなむ名だ。

「おう、達者にしていたか」

留吉が声をかけた。

「それが、このところあまり調子が芳《かんば》しくなくて」

おちよが眉を曇らせた。

「そうですか。もう十《とお》は越えてるでしょうからね」

と、番頭。

「ええ。この夏を越せるかどうかというところでしょうか。そう思って、毎日なでてやっています」

おちよが少し寂しげな笑みを浮かべた。

「その代わり、この子はまたお産をするようなので」

茶のお代わりを運んできたおようが二代目のどかを指さした。

「さようですか。人も猫も代替わりはやむをえないですね」

花実屋の番頭がしみじみと言った。

三

次の日の二幕目――。

おけいが客をつれてのどか屋へ戻ると、珍しい先客がいた。

「何だい、聞いてなかったよ」

おけいが声をかけたのは、せがれの善松《ぜんまつ》だった。

「急にこっちのほうに用ができてね」

善松は背に負うた嚢《ふくろ》を指さした。

「しばらく見ないうちに背丈が伸びて」

おちよが身ぶりをまじえた。

「ほんと、わたしより背が高くなったね」

千吉が厨から言った。

「もう十六になったんで」

善松が笑みを浮かべた。

「早いものねえ。大火の中を逃げまどってた乳呑み子さんが」

おちよが感慨深げに言った。

「逃げてたのはわたしだけど」

おけいが胸に手をやった。

「そりゃ、赤子が逃げてたらびっくりよ」

おちよが笑った。

岩本町ののどか屋が焼け出された大火で逃げまどっているとき、おちよと縁あって知り合ったのがおけいだった。思えば長い付き合いだ。

あのとき乳呑み子だった善松は無事に育ち、いまは浅草の小間物問屋、美濃屋《みのや》の出見世で手代をつとめている。そこのあるじの多助《たすけ》とおかみのおそめも、のどか屋が取り持つ縁で一緒になった。こうして縁の水車が回っていく。

「うちに置いてある『料理春秋』も借り手がどんどんついて好評ですよ」

善松が告げた。

「そう。それはありがたいことで」

おちよが軽く両手を合わせた。

「多吉《たきち》ちゃんも元気で？」

千吉が問うた。

多助とおそめのあいだに生まれた跡取り息子の多吉は、早いもので五つになった。

「ええ。秋には下の子が生まれるそうで」

善松が告げた。

「まあ、それは初耳」

おけいが驚いたように言った。

「それも告げがてら、寄ってみたんだよ、おっかさん」

善松が答えた。

「それはそれは、おめでたいことで。大事にするように、おそめちゃんに伝えておいてください」

おちよが笑顔で言った。

「はい、伝えておきます」

善松はしっかりした口調で答えた。

四

『料理春秋』の評判は街道筋にまで届いたようだ。

おかげで、また珍しい客がのれんをくぐってくれた。

川崎大師《かわさきだいし》の門前で「亀まさ」という小料理付きの旅籠を営む夫婦、亀太郎《かめたろう》とおまさだった。

「お客さんから『料理春秋』の話をうかがったもので、おっかさんに子守りを頼んで、学びがてら来てみたんです」

おまさが笑みを浮かべた。

亀まさのおかみはのどか屋で修業した女料理人だ。

「それはそれは、おしげさんは達者で？」

おちよが問うた。

おまさの母のおしげも、のどか屋とは縁が深い。いまは「亀まさ」で娘夫婦と一緒に気張っている。

「おかげさまで、達者にしています」

おまさが答えた。

「亀吉《かめきち》も五つになりました。いずれ連れてこようかと思ってるんです」

亀太郎が白い歯を見せた。

上背《うわぜい》があって容子《ようす》がいい。愛想もいいから、旅籠のあるじにはうってつけだ。

「なら、いずれうちの子と遊んでやってください」

千吉が万吉のほうを手で示した。

「それはぜひ」

と、亀太郎。

「今日はこれからどこかへ？」

おちよが問うた。

「泊まり部屋はありますか？」

おまさが問い返した。

「ええ、ございますよ」

おちよはすぐさま答えた。

「では、久々に豆腐飯を頂戴してから川崎に戻ろうかと」

「うちでもご好評をいただいておりますので」

亀まさの夫婦が笑みを浮かべた。

夕方、時吉が戻ってくると、さらに話に花が咲いた。亀太郎の実家で、鶴松《つるまつ》とおゆりが営む瓢屋《ひさごや》も繁盛しているようだ。

亀太郎も料理人を志したことがあるのだが、おまさのほうが腕が達者なので、いまは旅籠のあるじに専念している。「亀まさ」の朝餉も、のどか屋仕込みの豆腐飯だ。

「この田舎煮は深い味わいですね」

舌鼓を打った亀太郎が言った。

筍と蕗の田舎煮だ。

かみ味の違う出会いもので、遅い春の香りがする。

「これも『料理春秋』に載っておりますので」

千吉が自慢げに言った。

「では、うちと瓢屋の分、二冊買わせていただきます」

おまさが指を二本立てた。

「うちの泊まりのお客さまにもごらんいただきますので」

亀太郎が愛想よく言った。

「それはありがたいことで」

時吉が笑顔で答えた。

五

ひと晩泊まった若夫婦は、久々に豆腐飯の朝餉を食し、上機嫌で川崎に戻っていった。

時吉は長吉屋の日だ。

千吉たちに後を託し、浅草の名店で厨仕事をするかたわら、若い衆に料理を教えていると、客が立て続けに入ってきて一枚板の席に腰を下ろした。

灯屋の幸右衛門と狂歌師の目出鯛三、さらに、元締めの信兵衛と善屋のあるじの善蔵だった。

「川崎から来たかつての弟子にも『料理春秋』を渡しました」

時吉がさっそく知らせた。

「さようですか。書物の売り上げの番付にも載りそうな勢いでして」

幸右衛門がほくほくした顔で言った。

「こりゃあ、ほんとに千部振舞も夢じゃないですね」

目出鯛三も笑みを浮かべた。

「調子のいいうちに続篇を出されてはいかがです?」

善屋のあるじが水を向けた。

「手前どもは望むところなのですが」

灯屋のあるじが目出鯛三を見た。

「では、『品川早指南』より先に『続料理春秋』を進めてもよろしいでしょうか」

執筆者がおうかがいを立てた。

「さようですね」

幸右衛門はしばし思案してから続けた。

「早指南物は春宵先生の『本所深川早指南』が思いのほか進んでいるようです。そちらを先に出せるでしょうから、『続料理春秋』を進めていただければと」

書肆のあるじが言った。

「では、つくっていただいた元の紙に不足はありませんので、うまく並べ替えて書き増しをすれば大丈夫でしょう」

目出鯛三がそう言って、猪口の酒を呑み干した。

「どう並べ替えるんです?」

元締めの信兵衛が問うた。

「本篇が春夏秋冬の旬ごとの並びでしたから、次は、揚げる、煮る、蒸す、焼くなどの調理法ごとの並びはいかがかなと」

目出鯛三が答えた。

「それなら、『蒸す』の項目にうってつけの料理をおつくりしましょう。たしか、千吉が紙に書いていたはず」

時吉が言った。

「それはぜひ」

「いただきましょう」

客からただちに声が返ってきた。

ややあってできあがったのは、蒸し鯛の薬味がけだった。

あっさりした白身魚なら何でもいいのだが、やはり鯛にまさるものはない。

蒸した鯛に、だしをからめた薬味をかける。刻んだ葱と茗荷《みょうが》と青紫蘇《あおじそ》でつくったさっぱりした薬味だ。

「その仕上げが料理の肝《きも》ですな」

のぞきこんだ目出鯛三が言った。

「さようです。熱した胡麻油を回しかけると、ことのほか風味が良くなりますので。

……はい、お待ちどおさまで」

時吉は盛り付けを終えた皿を下から出した。

料理の評判は上々だった。

「さすがの味ですね」

幸右衛門がうなる。

「料理上手の女房衆ならつくれるかもしれません」

善屋のあるじが言った。

「書物を読んで、いきなりこんな料理を出したら、亭主はびっくりだよ」

元締めがそう言ったから、長吉屋に笑いがわいた。

「お次は『揚げ』に入るかどうか」

時吉がそう言いながら出したのは、筍餅《たけのこもち》の揚げ煮だった。

筍をすりおろしてまるめ、色よく揚げる。

この筍餅をだしで含め煮にして、葛《くず》でとろみをつけて仕上げた凝った肴だった。

「これは女房衆には無理ですね」

灯屋のあるじが言った。

「さて、どこに載せますか」

目出鯛三が首をひねった。

「いや、無理に載せなくても」

信兵衛が笑みを浮かべた。

「つくっていただくことが眼目《がんもく》ですから」

幸右衛門が言う。

「そのあたりは、塩梅のいい料理だけを選んでいただければと」

時吉はそう言って笑った。

六

翌日は雨が降った。

雨が降ると、普請場が休みになる。なじみの大工衆や左官衆、植木の職人衆などが来ないから、中食の出足は鈍《にぶ》る。

それでも、わざわざ食べに来てくれる常連客はいくたりもいた。

「雨の日にも来るんだから偉《えれ》えもんだな」

「おのれでおのれをほめてどうするよ」

なじみの大工衆が言った。

「中食のためだけにお越しくださったんで？」

おちよが問うた。

「いや、久々に両国橋の西詰で芝居でも観ようかと思ってよ」

よく日に焼けた大工が答えた。

「それは良うございますね」

と、おちよ。

「ただ、いまのご時世は窮屈《きゅうくつ》でよ」

「いい芝居はやってねえかもしれねえ」

「あれも駄目、これも駄目だからよ」

大工衆が嘆いた。

「お待たせいたしました」

そこへ江美と戸美が膳を運んできた。

今日は親子がかりの日だ。

千吉が焼き飯の鍋を振り、時吉が注文を受けてから魚をさばいて刺身にする。これに根菜の煮物と浅蜊汁と香の物がつく。いつもながらのにぎやかな膳だ。

「のどか屋はお上と違って、『あれもいい、これもいい』だからな」

「うめえことを言うな」

大工衆は掛け合いながら小気味よく箸を動かしていた。

雨降りとは関わりのない剣術指南の武家や、近場の隠居なども来てくれたから、中食の四十食はほぼ売り切れた。

短い中休みを経て、女たちはいつものように呼び込みへ行き、ややあって二幕目が始まった。

岩本町の御神酒徳利とともに、雨降りならではの客が来た。

天麩羅の屋台のあるじに転じた初次郎だ。

「まあ、初次郎さん。いかがです、屋台のほうは」

おちよが問うた。

「おかげさんで。ありがてえことに、常連さんが来てくれるもんで」

初次郎は軽く両手を合わせた。

「なかなかの繁盛ぶりでさ」

湯屋のあるじが言った。

「おいらがいい甘藷を入れてるから」

野菜の棒手振りが自慢げに言う。

「今日は焼き飯も刺身もあら煮もできますので」

千吉が厨から明るく言った。

「なら、いただきまさ」

初次郎が笑みを浮かべた。

「その後、新たな天麩羅などは？」

時吉がたずねた。

「『料理春秋』を湯屋で読んで学んだものを出したら好評で」

初次郎は答えた。

「ひょっとして、紅生姜《べにしょうが》のかき揚げですか？」

今度は千吉が問うた。

「図星《ずぼし》で」

初次郎はすぐさま答えた。

「ありゃあ、うめえんだ。ちょいと苦みがあってよう」

富八が言った。

「それは元の紙を書いた甲斐があります」

千吉が満面に笑みを浮かべた。

紅生姜をかき揚げに入れると驚くほどうまい。うどんや蕎麦の具にもうってつけだ。

ほどなく、おけいが泊まり客を案内してきた。湯屋へ行きたいと客が言うので、岩本町の御神酒徳利が一緒に案内していった。

入れ替わるように、隠居の季川が姿を現した。今日は療治の日だ。

初次郎は一枚板の席で腰を据えて呑んでいた。隠居は座敷で腹ばいになって、良庵の療治を受ける。

「あんまり酔っぱらうと帰れねえから」

だいぶ赤くなった顔で初次郎が言った。

「のどか屋の肴があると、酒がすすむからねえ」

按摩の療治を受けながら、隠居が言った。

「このあら煮も生姜が効いていてうめえんで」

初次郎が笑って箸を動かした。

「『続料理春秋』もそのうち出していただけるそうで」

万吉を抱っこしたおようが言った。

「そうかい。この先が楽しみだな、三代目」

初次郎は万吉に声をかけた。

「うま、うま……」

赤子は機嫌よく手を動かした。

七

初鰹の季《とき》になった。

例年なら、江戸の人々が浮き足立ち、だれそれがいくらで買った、どれくらいの値がついたといううわさが飛び交うところだが、今年は勝手が違った。

なにぶん、天保の改革の親玉、水野越前守《えちぜんのかみ》がにらみを利《き》かせている。民にあるまじき贅沢や奢侈はまかりならぬの一点張りだから、初鰹もいささか影が薄かった。

初鰹ばかりではない。野菜の初物《はつもの》を高値であきなうことも、町奉行から触れが出てご法度になった。なにかと窮屈なご時世だ。

そんなおり、のどか屋に新たな命が生まれた。二代目のどかが滞りなく子を産んだのだ。

五匹のうち、一匹はあいにく育たなかった。初代を祀るのどか地蔵の横手には空き地があるから、ねんごろに葬《ほうむ》ってやった。

残る四匹は、一応のところへ里子に出すことにした。生まれて二月《ふたつき》くらいはおっかさんの乳を呑んで育ち、いくらか猫らしくなったところで里子に出す。もらい手はそのあいだに見つければいい。

しょうの具合は相変わらず芳しくなかった。老いた母猫のゆきが案じて身をなめてやったりしている。胸が詰まる景色だが、生けるものには寿命があるから致し方ない。

子猫たちのもらい手がすべて見つからなかったら、残った猫はのどか屋で飼えばいい。そのあたりは成り行きだ。

のどか屋の猫は福猫だ。

飼えば福がやってくる。

おまけに、鼠をよく捕ってくれる。

すでにそんな評判が立っている。里子の引き受け手を探すのにそう苦労はしなかった。

まず手を挙げたのは、大和梨川藩の勤番の武士たちだった。

「うちでも猫はそれなりに増えてるんですがな」

兵頭三之助が言った。

「上屋敷が隣の藩が評判を聞いて、貸してほしいと頼んできたりするもので」

稲岡一太郎が笑みを浮かべた。

「猫の貸し借りでございますか」

おちよが目をまるくした。

「いや、貸した猫が返ってきたためしはないんで」

兵頭三之助が答えた。

「そりゃあ、猫は物じゃないですから」

と、おちよ。

「まあ、そんなわけで、もうちょっといたほうがありがたいので。鼠はいろいろ悪さをしますから」

稲岡一太郎が言った。

「承知しました。このたびはどれも同じ柄で、雄雌もまだはっきりしないんですが」

おちよが子猫たちを手で示して言った。

ゆきはいろいろな子を産んだが、二代目のどかは初代と同じで、おのれと同じ色と柄の子ばかり産む。

「なら、もうちょっと経ってから選びますんで」

兵頭三之助が言った。

「そうしていただければ助かります」

おちよのほおに笑みが浮かんだ。

こうして、まず一四目のもらい手が決まった。

八

次に手を挙げたのは、久々にのれんをくぐってきた客だった。

青葉清斎《あおばせいさい》だ。

薬膳《やくぜん》にくわしい本道《ほんどう》（内科）の医者で、のどか屋が神田の三河町にあったころからのなじみだ。

清斎の診療所もその後火事に遭ったが、これまた古いなじみの醬油酢問屋の安房屋《あわや》の敷地に建て直した。診療所ばかりでなく、療治長屋も建て、長患《ながわずら》いの者を入れることにした。江戸でも珍しい試みだ。

その療治の友として、猫を飼うことにした。これが功《こう》を奏《そう》し、本復《ほんぷく》して療治長屋を出ることができた者がいくたりも出た。まさしく猫のおかげだ。

「では、新たな療治の友ですね？」

おちよが心得て訊いた。

「そうです。文斎《ぶんさい》と綾女《あやめ》のところへ猫をやったりしていたもので、いささか不足気味なのです」

総髪の医者が答えた。

文斎は清斎の弟子、綾女は清斎の妻で腕のいい産科医の羽津《はつ》の弟子だ。夫婦の弟子同士が一緒になり、子も生まれたから、これほどめでたいことはない。

「さようでしたか。では、いま少し育ちましたら、ぜひとも療治の友に」

おちよが笑みを浮かべた。

「では、猫をほしがっている人はかなりおりますので、雌を頂戴できればと」

清斎が笑みを返した。

「承知しました。あと二月くらい経てば選んでいただけるかと」

おちよが言った。

「その時分にまたうかがって、選んで連れて帰りましょう」

清斎が段取りをまとめた。

ここで肴が出た。

「お待たせいたしました。掻鯛《かきだい》でございます」

千吉が皿を出した。

鯛のおろし身を包丁の先で掻き取るようにしてつくった刺身で、酢の入った煎酒《いりざけ》で食すと渋い肴になる。

「これも書物に載っているの？」

清斎が『料理春秋』を指さした。

せっかく来てくれたのだから、清斎と羽津の診療所に一冊ずつ渡すことにした。書物の輪はどんどん広がっていく。

「元の紙には書いたんですけど、このたびは載せてもらえませんでした」

いくらか残念そうに千吉は答えた。

「また次に載せてもらえればいいじゃない」

おちよがなだめる。

「次があるんですか？」

清斎が問う。

「ええ。好評につき、続篇も出していただけるとか」

おちよのほおにえくぼが浮かんだ。

「それは何よりです」

清斎はそう言って、搔鯛を口に運んだ。

鯛は煮ても焼いても身の養いになり、五臓を補い、元気を増してくれる。なるたけ多く出すべし、と本道の医者は講釈《こうしゃく》をまじえながら助言してくれた。

「鯛はいいものを入れていただいていますから、この先もお出ししますよ」

千吉がいい顔つきで言った。

「では、子猫をいただきに来たとき、またおいしいものを」

清斎が笑顔で言った。

「お待ちしております」

おちよが笑みと礼を返した。

九

「だんだん大きくなってきたね」

おようがそう言って、子猫を指さした。

のどか屋の二幕目だ。

「万吉も大きくなったよ」

仕込みが一段落した千吉が出てきて言った。

初鰹を高値で売ることはご法度になったが、まあそこはそれで、歌舞伎役者や大店《おおだな》のあるじなどは大枚《たいまい》をはたいて調達していたようだ。

しかし、それも落ち着き、町場でも普通に出るようになった。

のどか屋の中食も鰹のたたき膳だった。たたきにあぶり、梅肉をまじえた梅たたきに竜田揚《たつたあ》げなど、これからはしばしば鰹が膳の顔になる。

客も待ちわびていたらしく、四十食の膳はまたたくうちに売り切れた。

今日は親子がかりの日だ。

肴も凝ったものをつくれるし、隠居の療治の日だから、茶碗蒸しに加えて蒟蒻の鼈煮《すっぽんに》をつくった。

油で身を炒めてから、醬油と味醂と酒で煮つめ、終いごろに葱のぶつ切りを入れ、盛り付けてから生姜汁を回しかける。鼈のほかの食材でも、この調理法を鼈煮と呼ぶ。

蒟蒻でつくると、かみ味が肉のようでことにうまい。

「そろそろご隠居さんが見えるわよ」

おちよが言った。

万吉は上機嫌で這い這いのような動きをしている。まだいささかぎこちないが、身の動きはずいぶんとしっかりしてきた。

「うーみゃ」

二代目のどかがやにわにないた。

四匹の子猫たちがじゃれ合いながら座敷に登ろうとしている。

「ちょっとまだ無理だね」

一枚板の席に陣取った元締めが笑った。

「はいはい、万吉と遊んであげて」

おようが子猫の首をつまみ、一匹ずつ座敷に上げた。

「ほら、にゃーにゃよ。かわいいね」

おようが笑みを浮かべた。

ひと呼吸おいて、声が響いた。

「にゃーにゃ」

おようと千吉は思わず顔を見合わせた。

「いまのは万吉の声？」

おちよも驚いて言う。

「にゃーにゃ、にゃーにゃ」

万吉は近くに来た子猫を指さして言った。

「おう、しゃべったしゃべった」

元締めが唄うように言った。

「そう、にゃーにゃよ。のどか屋は、にゃーにゃがいっぱいいね」

おようが笑顔で言った。

時吉も手を拭きながら出てきた。

「しゃべったのか」

「ええ。『にゃーにゃ』って」

おちよが答えた。

「にゃーにゃ、かわいいね」

千吉も言う。

「かわいい」

万吉は同じことを口走った。

「おお、しゃべった」

時吉が感慨深げな面持ちになった。

千吉だってそうだった。初めてしゃべり、大きくなり、いまその子がとうとう言葉を発した。そう思うと、胸の奥にこみあげてくるものがあった。

ややあって、隠居と按摩の夫婦が姿を現した。

「万吉がしゃべったんです」

おちよが真っ先に告げた。

「『にゃーにゃ、かわいい』って」

おようも和す。

「それはそれは、のどか屋の三代目にふさわしいね」

隠居が笑みを浮かべた。

「でも、これだと療治ができないわね」

おちよが指さした。

万吉は子猫たちの追いかけっこにまじって、座敷で這い這いをしている。

「にゃーにゃ、にゃーにゃ」

覚えたての言葉を繰り返す。

「どかすのもかわいそうだから、わたしは部屋のほうで」

季川が身ぶりをまじえた。

「では、そちらで」

「そういたしましょう」

按摩の夫婦が動いた。

「みんな達者で大きくなるといいわね」

若おかみが座敷を見て言った。

「そうだね。わたしだって、こんなだったんだから」

千吉がうなずく。

「そうよ。ほんとにここまで育って」

と、おちよ。

「ありがたいことだ」

時吉が感慨深げに両手を合わせた。

[参考文献一覧]

畑耕一郎『プロのためのわかりやすい日本料理』(柴田書店)
野﨑洋光『和のおかず決定版』(世界文化社)
おいしい和食の会編『和のおかず【決定版】』(家の光協会)
『一流板前が手ほどきする人気の日本料理』(世界文化社)
『人気の日本料理2 一流板前が手ほどきする春夏秋冬の日本料理』(世界文化社)
『一流料理長の和食宝典』(世界文化社)
田中博敏『お通し前菜便利集』(柴田書店)
田中博敏『旬ごはんとごはんがわり』(柴田書店)
田中博敏『野菜かいせき』(柴田書店)
土井勝『日本のおかず五〇〇選』(テレビ朝日事業局出版部)
鈴木登紀子『手作り和食工房』(グラフ社)

松下幸子・榎木伊太郎編『再現江戸時代料理』(小学館)
『復元・江戸情報地図』(朝日新聞社)
日置英剛編『新国史大年表 五-II』(国書刊行会)
今井金吾校訂『定本武江年表』(ちくま学芸文庫)

(ウェブサイト)
オリーブオイルをひとまわし
All About

時代小説

二見時代小説文庫

料理春秋《りょうりしゅんじゅう》　小料理《こりょうり》のどか屋《や》 人情帖《にんじょうちょう》 34

二〇二二年 三 月二十五日 初版発行

著者 倉阪鬼一郎《くらさかきいちろう》

発行所 株式会社 二見書房
〒一〇一-八四〇五
東京都千代田区神田三崎町二-一八-一一
電話 〇三-三五一五-二三一一 [営業]
〇三-三五一五-二三一三 [編集]
振替 〇〇一七〇-四-二六三九

印刷 株式会社 堀内印刷所
製本 株式会社 村上製本所

落丁・乱丁本はお取り替えいたします。定価は、カバーに表示してあります。

ISBN978-4-576-22031-4
https://www.futami.co.jp/

倉阪鬼一郎

小料理のどか屋 人情帖

シリーズ

以下続刊

剣を包丁に持ち替えた市井の料理人・時吉。
のどか屋の小料理が人々の心をほっこり温める。

①人生の一椀
②倖せの一膳
③結び豆腐
④手毬寿司
⑤雪花菜《きらず》飯《めし》
⑥面影汁
⑦命のたれ
⑧夢のれん
⑨味の船
⑩希望《のぞみ》粥《がゆ》
⑪心あかり
⑫江戸は負けず
⑬ほっこり宿
⑭江戸前祝い膳

⑮ここで生きる
⑯天保つむぎ糸
⑰ほまれの指
⑱走れ、千吉
⑲京なさけ
⑳きずな酒
㉑あっぱれ街道
㉒江戸ねこ日和
㉓兄さんの味
㉔風は西から
㉕千吉の初恋
㉖親子の十手
㉗十五の花板《はないた》
㉘風の二代目

㉙若おかみの夏
㉚新春新婚《にいめとり》
㉛江戸早《はや》指《し》南《なん》
㉜幸《さち》くらべ
㉝三代目誕生
㉞料理春秋

二見時代小説文庫

牧 秀彦

南町 番外同心 シリーズ

以下続刊

① 南町 番外同心1 名無しの手練《てだれ》

名奉行根岸《ねぎし》肥前守《ひぜんのかみ》の下、名無しの凄腕拳法番外同心誕生の発端は、御《ご》三卿《さんきょう》清水《しみず》徳川家の開かずの間《ま》から始まった。そこから聞こえる物《もの》の怪《け》の経文を耳にした菊千代《きくちよ》（将軍家斉《いえなり》の七男）は、物の怪退治の侍多数を拳のみで倒す〝手練〟の技に魅了され教えを乞うた。願いを知った松平定信《まつだいらさだのぶ》は、『耳嚢《みみぶくろ》』なる著作で物の怪にも詳しい名奉行の根岸に、その手練との仲介を頼むと約した。新シリーズ第1弾！

本丸
目付部屋
権威に媚びぬ十人
藤木桂